近三百年名家词选

龙榆生◎编注

人民文学出版社

图书在版编目(CIP)数据

近三百年名家词选/龙榆生编注. —北京:人民文学出版社,2017
（恋上古诗词:版画插图版）
ISBN 978-7-02-013337-6

Ⅰ. ①近… Ⅱ. ①龙… Ⅲ. ①词(文学)-作品集-中国-明清时代 Ⅳ. ①I222.84

中国版本图书馆 CIP 数据核字(2017)第 226837 号

责任编辑:**朱卫净 尚 飞**
装帧设计:**高静芳**

出版发行 **人民文学出版社**
社　　址 **北京市朝内大街 166 号**
邮政编码 **100705**
网　　址 **http://www.rw-cn.com**

印　　刷 **山东德州新华印务有限责任公司**
经　　销 **全国新华书店等**

开　　本 **890 毫米×1240 毫米 1/32**
印　　张 **10.5**
插　　页 **3**
字　　数 **215 千字**
版　　次 **2018 年 1 月北京第 1 版**
印　　次 **2018 年 1 月第 1 次印刷**

书　　号 **978-7-02-013337-6**
定　　价 **49.00 元**

凡 例

一、本编体例，略依《唐宋名家词选》，各家并缀小传，间采诸家评语。

二、词家先后，以生年为主，其不悉生年者，略依科第或交游为次。

三、本编特种标识，以、表豆，·表句，◎表平韵，△表仄韵。

四、本编取材，除诸家专集及其他史传、词话外，于谭氏《箧中词》、叶氏《广箧中词》采录特多，两书旧有刊本，可资参阅。

目录

陈维崧

夏孙桐

王国维

陈曾寿

陈子龙

陈子龙，字卧子，松江华亭人。生有异才，工举子业，兼治诗、赋、古文，取法魏、晋，骈体尤精妙。崇祯十年(一六三七)进士，选绍兴推官，以定乱功擢兵科给事中。命甫下而京师陷，乃事福王于南京。屡进谏，不听，乞终养去。子龙与同邑夏允彝皆负重名，允彝死，子龙念祖母年九十，不忍割，遁为僧。寻以受鲁王部院职，结太湖兵欲举事，事露，被获，乘间投水死。(《明史》本传)时为永历元年(一六四七)，距生万历三十六年(一六〇八)，年四十。清乾隆间，追谥忠裕。有《陈忠裕全集》，后附《诗余》一卷。子龙词原有湘真阁、江蓠槛两种，早经散佚。今所传为王昶辑本。武进赵氏汇刻明词，亦曾收入。词学衰于明代，至子龙出，宗风大振，遂开三百年来词学中兴之盛，故特取冠斯编。

点绛唇 春日风雨有感

满眼韶华，东风惯是吹红去。几番烟雾，只有花难护。　梦里相思，故国王孙路。春无主！杜鹃啼处，泪染胭脂雨。

浣溪沙 杨花

百尺章台撩乱飞，重重帘幕弄春晖，怜他飘泊奈他飞。　淡日滚残花影下，软风吹送玉楼西，天涯心事少人知！

【评】

王士禛曰：不著形相，咏物神境。（《陈忠裕全集》）

诉衷情春游

小桃枝下试罗裳，蝶粉斗遗香。玉轮碾平芳草，半面恼红妆。　　风乍暖，日初长，袅垂杨。一双舞燕，万点飞花，满地斜阳。

【评】

王士禛曰：弇州谓："清真能作景语，不能作情语。"至大樽而情景相生，令人有后来之叹。（同前）

谒金门五月雨

莺啼处，摇荡一天疏雨。极目平芜人尽去，断红明碧树。　　费得炉烟无数，只有轻寒难度。忽见西楼花影露，弄晴催薄暮。

【评】

邹祗谟曰：缥缈澹宕，全见用笔之妙。（同前）

诉衷情(小桃枝下试罗裳)

画堂春雨中杏花

轻阴池馆水平桥，一番弄雨花梢。微寒著处不胜娇，此际魂销。　忆昔青门堤外，粉香零乱朝朝，玉颜寂寞淡红飘。无那今宵！

【评】

王士禛曰：嫣然欲绝！（同前）

醉桃源题画

朱阑清影下帘时，泠泠修竹低，满园空翠拂人衣，流莺无限啼。　莲叶小，荇花齐，雨余双燕归。红泉一带过桥西，香销午梦余。

【评】

邹祗谟曰：秦、黄佳处，有句可摘，大樽觉无句可摘，总由天才神逸，不许他人掎摭也。（同前）

山花子春恨

杨柳迷离晓雾中，杏花零落五更钟。寂寂景阳宫外月，照残红。　蝶化彩衣金缕尽，虫衔画粉玉楼空。惟有无情双燕子，舞东风！

【评】

陈廷焯曰：凄丽近南唐二主，词意亦哀以思矣。（《白雨斋词话》卷三）

少年游 春情

满庭清露浸花明，携手月中行。玉枕寒深，冰绡香浅，无计与多情。　奈他先滴离时泪，禁得梦难成。半晌欢娱，几分憔悴，重叠到三更！

【评】

邹祗谟曰：词不极情者，未能臻妙如此。朦胧宕折，应称独绝。（《陈忠裕全集》）

江城子 病起春尽

一帘病枕五更钟。晓云空，卷残红。无情春色，去矣几时逢？添我几行清泪也，留不住，苦匆匆。

楚宫吴苑草茸茸。恋芳丛，绕游蜂。料得来年，相见画屏中。人自伤心花自笑，凭燕子，骂东风。

【评】

陈廷焯曰：绵邈凄恻。（《白雨斋词话》卷三）

以上陈子龙词九首，录自王昶辑本《陈忠裕全集》附《诗余》。

【集评】

沈雄曰：大樽文宗两汉，诗轶三唐，苍劲之色，与节义相符。乃湘真词一集，风流婉丽如此！传称河南亮节，作字不胜罗绮；广平铁石，赋心偏爱梅花。吾于大樽益信。（《明词综》引《古今词话》）

王士禛曰：大樽诸词，神韵天然，风味不尽，如瑶台仙子独立却扇时；而湘真一刻，晚年所作，寄意更绵邈凄恻。（《明词综》卷六引）

李雯

李雯，字舒章，江南华亭人，明万历三十六年（一六〇八）生。少与陈子龙、宋徵舆齐名，称“云间三子”。顺治初，廷臣交荐雯才可用，授弘文院撰文、中书舍人，充顺天乡试同考官。以父丧归，顺治四年（一六四七）卒。著有《蓼斋集》，附词一卷。

菩萨蛮 忆未来人

蔷薇未洗胭脂雨，东风不合催人去。心事两朦胧，玉箫春梦中。　斜阳芳草隔，满目伤心碧。不语问青山，青山响杜鹃。

【评】

谭献曰：亡国之音。（《箧中词》一）

虞美人 春雨

廉纤断送荼蘼架，衣润笼香罢。鹧鸪啼处不开门，生怕落花时候近黄昏。　艳阳惯被东君妒，吹雨无朝暮。丝丝只欲傍妆台，却作一春红泪满金杯！

（《箧中词》，“妆台”作“妆楼”，“一春”作“一江”，“金杯”作“金篝”。）

【评】

谭献曰:《九辨》之遗。(《箧中词》一)

鹊踏枝 落叶

惨碧愁黄无气力,做尽秋声,砌满阑干侧。疑是纱窗风雨入,斜阳又送栖鸦急。　　不比落花多爱惜,南北东西,自有人知得。昨夜小楼寒四壁,半堆金井霜华白。

【评】

谭献曰:客子畏人。(《箧中词》一)

风流子 送春(《箧中词》下有"同芝麓"三字。)

谁教春去也?人间恨,何处问斜阳?见花褪残红,莺捎浓绿,思量往事,尘海茫茫。芳心谢,锦梭停旧织,麝月懒新妆。杜宇数声,觉余惊梦;碧栏三尺,空倚愁肠。　　东君抛人易,回头处犹是昔日池塘。留下长杨紫陌,付与谁行?想折柳声中,吹来不尽;落花影里,舞去还香。难把一樽轻送,多少暄凉。

【评】

谭献曰：同病相怜。（《箧中词》一）

浪淘沙 杨花

金缕晓风残，素雪晴翻，为难飞上玉雕阑？可惜章台新雨后，踏入沙间！　沾惹忒无端，青鸟空衔，一春幽梦绿萍闲。暗处消魂罗袖薄，与泪轻（《箧中词》作“偷”）弹。

【评】

谭献曰：哀于堕溷。（《箧中词》一）

以上李雯词五首，录自《蓼斋词》。

吴伟业

吴伟业，字骏公，号梅村，江南太仓人。明万历三十七年（一六〇九）生。弱冠，举崇祯辛未（一六三一）科会试第一，廷试第二，官至少詹事。与马士英、阮大铖不合，假归。清世祖闻其名，力迫入都，累官国子监祭酒。以病乞归，康熙十年（一六七一）卒。伟业尤长于诗，少时才华艳发，后经丧乱，遂多悲凉之作，论者方之庾信。著有《绥寇纪略》《梅村家藏稿》《梅村诗余》《秣陵春杂剧》等书。

生查子 旅思

一尺过江山，万点长淮树。石上水潺潺，流入青溪去。　　六月北风寒，落叶无朝暮。度樾与穿云，林黑行人顾。

浣溪沙 闺情

断颊微红眼半醒，背人蓦地下阶行，摘花高处赌身轻。　　细拨熏炉香缭绕，嫩涂吟纸墨攲倾，惯猜闲事为聪明。

【评】

谭献曰：本色词人语。（《箧中词》一）

临江仙 逢旧

落拓江湖常载酒，十年重见云英，依然绰约掌中轻。灯前才一笑，偷解砑罗裙。　薄幸萧郎憔悴甚，此生终负卿卿。姑苏城上月黄昏。绿窗人去住，红粉泪纵横。

【评】

陈廷焯曰：哀艳而超脱，直是坡仙化境。（《白雨斋词话》卷三）

满江红 蒜山怀古

沽酒南徐，听夜雨江声千尺。记当年阿童东下，佛狸深入。白面书生成底用？萧郎裙屐偏轻敌。笑风流北府好谈兵，参军客。　人事改，寒云白。旧垒废，神鸦集。尽沙沉浪洗，断戈残戟。落日楼船鸣铁锁，西风吹尽王侯宅。任黄芦苦竹打寒潮，渔樵笛。

【评】

谭献曰：涩于稼轩。（《箧中词》一）

贺新郎 病中有感

万事催华发！论龚生天年竟夭，高名难没。吾病难将医药治，耿耿胸中热血。待洒向西风残月。剖却心肝今置地，问华佗解我肠千结。追往恨，倍凄咽。　　故人慷慨多奇节。为当年沉吟不断，草间偷活。艾灸眉头瓜喷鼻，今日须难决绝。早患苦重来千叠。脱屣妻孥非易事，竟一钱不值何须说！人世事，几完缺？

【评】

陈廷焯曰：《贺新郎》一篇，梅村绝笔也。悲感万端，自怨自艾。千载下读其词，思其人，悲其遇，固与牧斋不同，亦与芝麓辈有别。（《白雨斋词话》卷三）

以上吴伟业词五首，录自《梅村诗余》。

【集评】

陈廷焯曰：吴梅村词，虽非专长，然其高处有令人不可捉摸者，此亦身世之感使然。　又曰：梅村高者，有与老坡神似处。（《白雨斋词话》卷三）

曹溶

曹溶，字秋岳，一字洁躬，号倦圃，浙江秀水人。明万历四十一年（一六一三）生。崇祯进士，考选御史。顺治初，起用河南道御史，督学顺天，累迁户部侍郎，左迁广东右布政使。遭丧归里。服除，补山西按察副使，备兵大同。丁忧不复出。康熙中，举博学鸿词，以疾辞。荐修《明史》，亦不赴。康熙二十四年（一六八五）卒。家富藏书，工诗、词。朱彝尊纂《词综》，即多从其家藏宋人遗集中录出，盖浙西词派之先河也。著有《静惕堂诗词集》。

薄幸 题壁

绿杨丝绾。勒马处一程云栈。慢伫想安排此夜，知入谁家泪眼？试说与宿雨餐沙，三秋禁断闲箫管。更止酒新盟，攀花密祝，青鬓偎人不暖。　向有限关河里，偏只见悲欢聚散。记粉巾鸳字，歌裙凤缕，寻思误把归期缓。不干缘浅。要迷踪困影，山尖海角填情满。自欢自惜，莫负风亭月馆。

以上曹溶词一首，《静惕堂词》未载，录自谭氏《箧中词》。

今释澹归

今释澹归，俗姓金氏，名堡，字道隐，浙江杭州人。明崇祯庚辰(一六四〇)进士。戊子(一六四八)诣肇庆，谒永明王，授礼科给事中，抗直不畏强御。桂林破，薙发为僧，住韶州丹霞山寺。《南疆逸史》载其行事颇详。生于万历四十二年(一六一四)，康熙十九年(一六八〇)卒，年六十七。所著《遍行堂集》，清初曾刊版行世，旋遭禁毁，丹霞寺亦被其灾。往岁予客岭南，于谢英伯处，获观全集四十卷原钞本，附词三卷，未刊行，曾录副分载《词学季刊》。(原钞《遍行堂词》，予已捐献上海图书馆。)武进赵氏拟收入《惜阴堂汇刻明词》，未果。王昶《明词综》录其词二首，但题今释，字澹归，亦未详其为谁氏也。

小重山

得程周量民部诗，却寄。

落落寒云晚不流。是谁能寄语？竹窗幽。远怀如画一天秋。钟徐歇，独自倚层楼。　点点鬓霜稠。十年山水梦，未全收。相期人在别峰头。闲鸥意，烟雨又扁舟。

满江红 大风泊黄巢矶下

激浪输风，偏绝分乘风破浪。滩声战冰霜竞冷，雷霆失壮。鹿角狼头休地险，龙蟠虎踞五天相。问何人唤汝作黄巢？真还谤。　雨欲退，云不放。海欲进，江不让。早堆垝一笑，万机俱丧。老去已忘行止计，病来莫算安危帐。是铁衣着尽着僧衣，堪相傍。

水调歌头 忆翠岩霁色

好雨正重九，不上海山门。螺岩却忆绝顶，霁色满乾坤。少得白衣一个，赢得翠鬟千叠，罗立似儿孙。独坐可忘老，何用更称尊。　龙山会，南徐戏，共谁论？古今画里，且道还有几人存？便拂六铢石尽，重见四空天堕，此处不交痕。远水吞碧落，斜月吐黄昏。

八声甘州

卧疴初起，将还丹霞，谒别孝山。

算军持频挂到于今，已是十三年！便龙钟如许，过头拄杖，缓步难前。若个唤春归去，高柳足啼鹃。有得相留恋，也合翛然。　况复吟笺寄兴，似风吹萍聚，欲碎仍圆。只使君青鬓，霜雪又勾连。叹人间、支新收故，尽飞尘赴海不能填。重相惜，后来还得，几度相怜？

风流子 上元风雨

东皇不解事，颠风雨吹转海门潮。看烟火光微，心灰凤蜡；笙歌声咽，泪满鲛绡。吾无恙，一炉焚柏子，七碗覆松涛。明月寻人，已埋空谷；暗尘随马，更拆星桥。　　素馨田畔路，当年梦应有金屋藏娇。不见漆灯续焰，蔗节生苗。尽翠绕珠围，寸阴难驻；钟鸣漏尽，抔土谁浇？问取门前流水，夜夜朝朝。

【评】

叶恭绰曰：痛切！（《广箧中词》一）

以上今释澹归词五首，录自清初丹霞寺原钞本《遍行堂词》。

宋琬

宋琬，字玉叔，号荔裳，山东莱阳人。明万历四十二年（一六一四）生。顺治四年进士，授户部主事，累迁永平兵备道、宁绍台道。族子因宿憾，诬其与闻逆谋，下狱三年。久之得白，流寓吴、越间，寻起四川按察使，康熙十二年（一六七三）卒。琬诗入杜、韩之室，与施闰章齐名，有“南施北宋”之目。著有《安雅堂集》及《二乡亭词》，吴廷熹氏收入《石莲庵山左人词》中。

蝶恋花 旅月怀人

月去疏帘才几尺。乌鹊惊飞，一片伤心白。万里故人关塞隔，南楼谁弄梅花笛？　蟋蟀灯前欺病客。清影裴回，欲睡何由得？墙角芭蕉风瑟瑟，生憎遮掩窗儿黑。

【评】

谭献曰：忧谗。（《箧中词》一）

破阵子 关山道中

拔地千盘深黑，插天一线青冥。行旅远从鱼贯入，樵牧深穿虎穴行，高高秋月明。　半紫半红山树，如歌如哭泉声。六月阴崖残雪在，千骑宵征画角清，丹青似李成。（李营丘有《关山图》。）

以上宋琬词二首，录自《二乡亭词》。

宋徵舆

宋徵舆，字直方，一字辕文，松江华亭人。明万历四十六年（一六一八）生。顺治进士，官至副都御史。为诸生时，与陈子龙、李雯等倡几社，以古学相砥砺。其诗以博赡见长，声誉亚于子龙。康熙六年（一六六七）卒。著有《林屋诗文稿》。

小重山

春流半绕凤凰台。十年花月夜，泛金杯。玉箫呜咽画船开。清风起，移棹上秦淮。　客梦五更回。清砧迎塞雁，渡江来。景阳宫井断苍苔。无人处，秋雨落宫槐。

踏莎行

锦幄销香，翠屏生雾，妆成漫倚纱窗住。一双青雀到空庭，梅花自落无人处。　回首天涯，归期又误。罗衣不耐东风舞。垂杨枝上月华明，可怜独上银床去！

【评】

谭献曰：何减冯、韦？（《箧中词》一）

忆秦娥 杨花

黄金陌，茫茫十里春云白。春云白，迷离满眼，江南江北。　　来时无奈珠帘隔，去时著尽东风力。东风力，留他如梦，送他如客。

【评】

谭献曰：身世可怜。(《箧中词》一)

蝶恋花

宝枕轻风秋梦薄。红敛双蛾，颠倒垂金雀。新样罗衣浑弃却，犹寻旧日春衫著。　　偏是断肠花不落。人苦伤心，镜里颜非昨。曾误当初青女约，只今霜夜思量著。

【评】

谭献曰：悱恻忠厚。(《箧中词》一)

玉楼春 燕

雕梁画栋原无数，不问主人随意住。红襟惹尽百花香，翠尾扫开三月雨。　　半年别我归何处？相见如将离恨诉。海棠枝上立多时，飞向小桥西畔去。

【评】

谭献曰：探喉而出。（《箧中词》一）

以上宋徵舆词五首，录自《箧中词》。

屈大均

屈大均，初名绍隆，字翁山，又字介子，广东番禺人。明崇祯三年庚午(一六三〇)九月初五日生。初为诸生，弃去为浮屠，名今种，字一灵，一字骚余。中年返初服。工诗，高浑兀奡，与陈恭尹、梁佩兰并称"岭南三大家"。清康熙三十五年丙子(一六九六)五月十六日卒。著有《广东新语》《道援堂集》等书。其《翁山诗外》末附《骚屑》二卷，有康熙刊本及清季国学扶轮社排印本。武进赵氏《惜阴堂汇刻明词》题作《道援堂词》，流传绝少。王昶《明词综》录一灵词七首，未注明为屈氏，亦非其杰构也。大均尝北走燕、赵，慨然有复兴明室之志，与一时名俊，酬唱亦多。近人朱孝臧题其词集云："湘真老，断代殿朱明。不信明珠生海峤，江南哀怨总难平，愁绝庾兰成！"(《彊邨语业》卷三)于所举清代诸名家，即以大均冠首，亦足见其倾挹之至矣。

紫萸香慢 送雁

恨沙蓬偏随人转，更怜雾柳难青。问征鸿南向，几时暖返龙庭？正有无边烟雪，与鲜飙千里，送度长城。向并门少待白首牧羝人，正海上手携李卿。

秋声，宿定还惊，愁里月不分明。又哀笳四起，衣砧断续，终夜伤情。跨羊小儿争射，恁能到白蘋汀？尽长天遍排人字，逆风飞去，毛羽随处飘零，书寄未成。

【评】

叶恭绰曰：声情激楚，喷薄而出。(《广箧中词》一)

长亭怨 与李天生冬夜宿雁门关作

记烧烛雁门高处，积雪封城，冻云迷路。添尽香煤，紫貂相拥夜深语。苦寒如许！难和尔凄凉句。一片望乡愁，饮不醉垆头驼乳。　无处。问长城旧主，但见武灵遗墓。沙飞似箭，乱穿向草中狐兔。那能使口北关南，更重作并州门户？且莫吊沙场，收拾秦弓归去。

【评】

叶恭绰曰：纵横排荡，稼轩神髓。（《广箧中词》一）

梦江南 四首

其一

悲落叶，叶落落当春。岁岁叶飞还有叶，年年人去更无人，红带泪痕新。

其二

悲落叶，叶落绝归期。纵使归来花满树，新枝不是旧时枝，且逐水流迟。

其三

清泪好，点点似珠匀。蛱蝶情多元凤子，鸳鸯恩重是花神，恁得不相亲？

其四

红茉莉，穿作一花梳。金缕抽残蝴蝶茧，钗头立尽凤凰雏，肯忆故人姝？

【评】

况周颐曰："且逐水流迟"五字，含有无限凄惋，令人不忍寻味，却又不容已于寻味。第三、四首哀感顽艳，亦复可泣、可歌。（《蕙风词话》五）

叶恭绰曰：一字一泪。（《广箧中词》一）

以上屈大均词六首，录自《道援堂词》。

王夫之

王夫之，字而农，号姜斋，湖南衡阳人。明万历四十七年(一六一九)生。举崇祯壬午(一六四二)乡试。曾走桂林，依桂王，图恢复。旋知事不可为，遂决计老牖下，浪游郴、永、涟、邵间，最后归衡阳之石船山，筑土室曰“观生居”，学者称船山先生。窜伏穷山，四十余年，一岁数徙其居，故国之戚，生死不忘。(以上参考李元度《国朝先正事略》卷二十七《经学传》。)清康熙三十一年(一六九二)卒，年七十四。著作至道光、同治间，始传于世。湘乡曾氏汇刊为《船山遗书》三百二十四卷，附《鼓棹》初、二集及《潇湘怨词》。其词虽音律多疏，而芳悱缠绵，怆怀故国，风格遒上。朱孝臧题云：“苍梧恨，竹泪已平沉。万古湘灵闻乐地，云山韶濩入凄音，字字楚骚心。”(《彊邨语业》卷三)所谓伤心人别有怀抱，真屈子《离骚》之嗣响也！

青玉案 忆旧

桃花春水湘江渡，纵一艇，迢迢去。落日頳光摇远浦。风中飞絮，云边归雁，尽指天涯路。　故人知我年华暮，唱彻灞陵回首句。花落风狂春不住。如今更老，佳期逾杳，谁倩啼鹃诉？

更漏子 本意

斜月横，疏星炯，不道秋宵真永！声缓缓，滴泠泠，双眸未易扃。　霜叶坠，幽虫絮，薄酒何曾得

青玉案(桃花春水湘江渡)

醉！天下事，少年心，分明点点深。

清平乐 咏雨

归禽响暝，隔断南枝径。不管垂杨珠泪迸，滴碎荷声千顷。　随波赚杀鱼儿，浮萍乍满清池。谁信碧云深处，夕阳仍在天涯？

玉楼春 白莲

娟娟片月涵秋影，低照银塘光不定。绿云冉冉粉初匀，玉露泠泠香自省。　荻花风起秋波冷，独拥檀心窥晓镜。他时欲与问归魂，水碧天空清夜永。

蝶恋花 衰柳

为问西风因底怨？百转千回，苦要情丝断。叶叶飘零都不管，回塘早似天涯远。　阵阵寒鸦飞影乱。总趁斜阳，谁肯还留恋？梦里鹅黄拖锦线，春光难借寒蝉唤。

惜余春慢 本意

似惜花娇，如怜柳懒，前月峭寒深护。从今追数，雨雨风风，总是被他轻误。便与挥手东风，闲愁抛向，绿阴深处。也应念曲岸数枝新柳，不禁飞絮。　争遣不烧烛留欢，暗邀花住？坐待啼莺催曙。怕燕子归来，定巢栖稳，不解商量细语。未拟攀留长久，乍雨乍晴，繇来无据。待荷珠露满，梅丸黄熟，任伊归去。

【评】

叶恭绰曰：宛转关情，心灰肠断。（《广箧中词》一）

绮罗香

读《邵康节遗事》，属纩之际，闻户外人语，惊问所语云何？且云："我道复了幽州。"声息如丝，俄顷逝矣！有感而作。

流水平桥，一声杜宇，早怕雒阳春暮。杨柳梧桐，旧梦了无寻处。拚午醉日转花梢，甚夜阑风吹芳树？到更残月落西峰，泠然胡蝶忘归路。　关心一丝别挂，欲挽银河水，仙槎遥渡。万里闲愁，长怨迷离烟雾。任老眼月窟幽寻，更无人花前低诉。君知否？雁字云沉，难写伤心句。

【评】

叶恭绰曰：缠绵往复，忠厚之遗。《广箧中词》一）

摸鱼儿 东洲桃浪（《潇湘小八景词》之三）

剪中流白蘋芳草，燕尾江分南浦。盈盈待学春花靥，人面年年如故。留春住，笑几许浮萍，（《船山遗书》本作“笑浮萍轻狂”，于律未协，兹从《广箧中词》所采。）旧梦迷残絮。棠桡无数。尽泛月莲舒，留仙裙在，载取春归去。　佳丽地，仙院迢遥烟雾，湿香飞上丹户。醮坛珠斗疏灯映，共作一天花雨。君莫诉！君不见桃根已失江南渡。风狂雨妒。便万点落英，几湾流水，不是避秦路！

【评】

叶恭绰曰：故国之思，体兼骚、辨。船山词言皆有物，与并时

批风抹露者迥殊，知此方可以言词旨。（《广箧中词》一）

蝶恋花 岳峰远碧（《潇湘十景词》之六）

自衡阳北三十里，至湘潭南六十里，岳峰浅碧，宛转入望。

见说随帆瞻九面。碧藕花开，朵朵波心现。晓月渐飞金碧颤，晶光返射湘江练。　谁遣迷云生绝巘？苍水仙踪，雾锁灵文篆。帝女修眉愁不展，深深未许人间见。

蝶恋花 铜官戍火（《潇湘十景词》之八）

铜官浦在长沙北三十里。芦汀远岸，水香生于始夜。渔灯戍火，依微暮色间，如寒星映水。

打鼓津头知野戍。万里归舟，认得云中树。日落长沙天已暮，寒烟猎火中原路。　何处停桡深夜语？江黑云昏，莫向天涯去。旧是杜陵飘泊处，登山临水伤心句。

蝶恋花 君山浮黛(《潇湘十景词》之十)

湖光极目,至君山,始见一片青芙蓉,浮玻璃影上。自此出洞庭,与江水合。谢朓所云"大江流日夜,客心悲未央"者,于焉始矣。湖南清绝,亦于此竟焉。

渺渺扁舟天一瞬。极目空清,只觉云根近。片影参差浮复隐,琉璃净挂青螺印。　忆自嬴皇相借问,尧女含颦,兰佩悲荒磷。泪竹千竿垂紫晕,宾鸿不寄苍梧信。

以上王夫之词十一首,录自《船山遗书》本《鼓棹初、二集》及《潇湘怨词》。

徐 灿

徐灿，字湘蘋，江苏长洲人，海宁陈之遴妻。之遴为明崇祯进士，官中允。入清，累官弘文院大学士，加少保。坐结党营私，以原官发辽阳居住。寻召还，以贿结内监吴良辅论斩，免死流徙，卒于徙所。灿善属文，并精书、画。填词得北宋风格。著有《拙政园诗余》。南陵徐氏收入《小团栾室汇刻闺秀词》中。朱孝臧题云："双飞翼，悔杀到瀛洲。词是易安人道韫，可堪伤逝又工愁？肠断塞垣秋。"（《彊邨语业》卷三）盖深惜之也。

踏莎行

芳草才芽，梨花未雨，春魂已作天涯絮。晶帘宛转为谁垂？金衣飞上樱桃树。　故国茫茫，扁舟何许？夕阳一片江流去。碧云犹叠旧山河，月痕休到深深处！

【评】

谭献曰：兴亡之感，相国愧之。（《箧中词》五）

永遇乐 病中

翠帐春寒，玉墀雨细，病怀如许！永昼愔愔，黄昏悄悄，金博添愁炷。薄幸杨花，多情燕子，时向琐窗细语。怨东风一夕无端，狼藉几番红雨。　曲曲阑干，沉沉帘幕，嫩草王孙归路。短梦飞云，冷香侵佩，别有伤心处。半暖微寒，欲晴还雨，消得许多愁否？春来也！愁随春长，肯放春归去？

【评】

谭献曰：相国加膝坠渊，愆咎自积，此词殊怨。（《箧中词》五）

永遇乐 舟中感旧

无恙桃花，依然燕子，春景多别。前度刘郎，重来江令，往事何堪说？近水残阳，龙归剑杳，多少英雄泪血！千古恨，河山如许，豪华一瞬抛撇。　白玉楼前，黄金台畔，夜夜只留明月。休笑垂杨，而今金尽，秾李还销歇。世事流云，人生飞絮，都付断猿悲咽。西山在，愁容惨黛，如共人凄切。

【评】

谭献曰：外似悲壮，中实凄咽，欲言未言。（《箧中词》五）

唐多令感怀

玉笛厣清秋，红蕉露未收。晚香残莫倚高楼。寒月多情怜远客，长伴我滞幽州。　　小苑入边愁，金戈满旧游。问五湖那有扁舟？梦里江声和泪咽，频洒向故园流。

以上徐灿词四首，录自《拙政园诗余》。

彭孙遹

彭孙遹，字骏孙，号羡门，又号金粟山人，浙江海盐人。明崇祯四年（一六三一）生。顺治己亥（一六五九）进士。康熙己未（一六七九），召试博学鸿词，以第一人授编修。历官吏部左侍郎，兼掌院学士。工诗，尤善填词，为王士禛所推重。（《先正事略》卷三十九《文苑》）康熙三十九年（一七〇〇）卒。著有《松桂堂集》《延露词》《金粟词话》等书。其词多写艳情，特工小令，有“吹气如兰彭十郎”（朱孝臧《彊邨弃稿》）之目。

生查子 旅夜

薄醉不成乡，转觉春寒重。鸳枕有谁同？夜夜和愁共。　梦好却如真，事往翻如梦。起立悄无言，残月生西弄。

【评】

谭献曰：唐调。（《箧中词》一）

柳梢青 感事

何事沉吟？小窗斜日，立遍春阴。翠袖天寒，青衫人老，一样伤心。　十年旧事重寻，回首处山高水深。两点眉峰，半分腰带，憔悴而今！

【评】

谭献曰：不嫌太尽。(《箧中词》一)

少年游 席上有赠

花底新声，尊前旧侣，一醉尽生平。司马无家，文鸳未嫁，赢得是虚名。　　当时顾曲朱楼上，烟月十年更。老我青袍，误人红粉，相对不胜情！

【评】

谭献曰：自然凑泊。(《箧中词》一)

临江仙 遣信

青琐余烟犹在握，几年香冷巾篝。此生为客几时休？殷勤江上鲤，清泪湿书邮。　　欲向镜中扶柳鬓，鬓丝知为谁秋？春阴漠漠锁层楼，斜阳如弱水，只管向西流。

以上彭孙遹词四首。录自《延露词》。

【集评】

陈廷焯曰：彭羡门词，意境较厚，但不甚沉着，仍是力量不足。（《白雨斋词话》卷三）

李天馥

李天馥，字湘北，号容斋，安徽合肥人。明崇祯八年(一六三五)生。七岁能诗，有神童之目。清顺治进士，由庶吉士累擢户部左侍郎，调吏部，以扬清激浊为己任。官至吏部尚书、武英殿大学士。康熙三十八年(一六九九)卒，谥文定。著有《容斋集》。

忆王孙 春望

妒春良夜爱春朝，花外红楼卷绛绡。极目香尘旧板桥。路迢迢，不见归鞍见柳条！

【评】

谭献曰：人意中语。(《箧中词》一)

以上李天馥词一首，录自《箧中词》。

孔尚任

孔尚任，字聘之，山东曲阜人。清顺治五年戊子(一六四八)生。康熙二十三年甲子(一六八二)授国子监博士，累官户部员外郎。五十七年戊戌(一七一八)卒。博学有文名，通音律，撰《阙里新志》，著有《岸塘文集》《湖海诗集》《会心录》等书。尤以《桃花扇传奇》最负盛名，与洪昇《长生殿》并称，一时有“南洪北孔”之目。

鹧鸪天

院静厨寒睡起迟，秣棱人老看花时。城连晓雨枯陵树，红带春潮坏殿基。　伤往事，写新词，客愁乡梦乱如丝。不知烟水西村舍，燕子今年宿傍谁？

【评】

谭献曰：哀于麦秀。(《箧中词》一)

以上孔尚任词一首，录自《桃花扇传奇》。

毛奇龄

毛奇龄，字大可，又名甡，字初晴，学者称西河先生，浙江萧山人。明天启三年（一六二三）生。清康熙十七年（一六七八）举博学鸿词，授翰林院检讨，预修《明史》。告归，康熙五十五年（一七一六）卒。著书数百卷。精音律，工诗词，有《毛检讨词》传世，收入《西河全集》。（参阅《国朝先正事略》卷三十二《经学传》）朱孝臧题云："争一字，鹅鸭恼春江。脱手居然新乐府，曲中亦自有齐梁，不忍薄三唐。"（《彊邨语业》卷三）奇龄小令学《花间》，兼有南朝乐府风味，在清初诸作者，又为生面独开也。

荷叶杯

五月南塘水满，吹断，鲤鱼风。小娘停棹濯纤指，水底，见花红。

浪淘沙

杉木为簞竹作檐，江潮能苦雨能甜。连朝只饮檐头雨，翻道江潮错着盐。

南乡子

藤菜暖，荔枝干，青蛉河畔碧鱼餐。愿绞桄榔皮里肉，炊乌木，暂与小郎充晚腹。

长相思二首

其一

长相思，在春晚。朝日曈曈熨花暖。黄鸟飞，绿波满。雀粟衔素珰，蛛丝断金剪。欲着别时衣，开箱自展转。

其二

长相思，在秋节。复斗垂垂怨蜻蛚。锦纹砧，素丝镊。梦苦见参星，关深落榆叶。欲识夫婿寒，花阶映微雪。

相见欢

花前顾影粼粼，水中人，水面残花片片绕人身。　私自整，红斜领，茜儿巾。却讶领间巾里刺花新。

南柯子

淮西客舍接得陈敬止书，有寄。

驿馆吹芦叶，都亭舞柘枝。相逢风雪满淮西，记得去年残烛照征衣。　曲水东流浅，盘山北望迷。长安书远寄来稀，又是一年秋色到天涯。

【评】

谭献曰：北宋句法。（《箧中词》一）

以上毛奇龄词七首，录自《毛翰林词》。

【集评】

陈廷焯曰：西河经术湛深，而作诗却能谨守唐贤绳墨，词亦在五代、宋初之间；但造境未深，运思多巧；境不深尚可，思多巧则有伤大雅矣。（《白雨斋词话》卷三）

陈维崧

陈维崧，字其年，号迦陵，江苏宜兴人。以明天启五年（一六二五）生。父贞慧，明末著气节。维崧少负才名，冠而多须，浸淫及颧准，陈髯之名满天下。尝客如皋冒氏水绘园，主人爱其才，进声伎适其意。康熙己未（一六七九），召试鸿词科，由诸生授检讨，纂修《明史》，时年五十四。越四年（一六八二）卒于官。工骈文及词，尝与朱彝尊合刊所作曰“朱陈村词”，传世有《湖海楼诗文词全集》。（《国朝先正事略》卷三十九《文苑》）

其弟宗石序其词集云：“方伯兄少时，值家门鼎盛，意气横逸，谢郎捉鼻，麈尾时挥，不无声华裙屐之好，故其词多作旖旎语。迨中更颠沛，饥驱四方；或驴背清霜，孤篷夜雨；或河梁送别，千里怀人；或酒旗歌板，须髯奋张；或月榭风廊，肝肠掩抑；一切诙谐狂啸，细泣幽吟，无不寓之于词。甚至里语巷谈，一经点化，居然典雅，真有意到笔随，春风物化之妙。盖伯兄中年始学为诗余，晚岁尤好之不厌，或一日得数十首，或一韵至十余阕，统计小令、中调、长调共得四百一十六调，共词一千六百二十九阕。先是京少有《天藜阁迦陵词刻》，犹属未备，今乃尽付梓人。自唐、宋、元、明以来，从事倚声者，未有如吾伯兄之富且工也。”近人朱孝臧题云：“迦陵韵，哀乐过人多。跋扈颇参青兕意，清扬恰称紫云歌，不管秀师诃。”（《彊邨语业》卷三）维崧词具有创作天才，固宜其不为前人所囿矣。

醉太平 江口醉后作

钟山后湖，长干夜乌。齐台宋苑模糊，剩连天绿芜。　　估船运租，江楼醉呼。西风流落丹徒，想刘家寄奴。

点绛唇 夜宿临洺驿

晴髻离离，太行山势如蝌蚪。稗花盈亩，一寸霜皮厚。　赵魏燕韩，历历堪回首。悲风吼，临洺驿口，黄叶中原走。

卜算子 阻风瓜步

风急楚天秋，日落吴山暮。乌桕红梨树树霜，船在霜中住。　极目落帆亭，侧听催船鼓。闻道长江日夜流，何不流侬去？

好事近

夏日史蘧庵先生招饮，即用先生喜余归自吴阊过访原韵。

分手柳花天，雪向晴窗飘落。转眼葵肌初绣，又红皲栏角。　别来世事一番新，只吾徒犹昨。话到英雄失路，忽凉风索索。

卜算子（风急楚天秋）

清平乐

夜饮友人别馆，听年少弹三弦。

檐前雨罢，一阵凄凉话。城上老乌啼哑哑，街鼓已经三打。　漫劳醉墨纱笼，且娱别院歌钟。怪底烛花怒裂，小楼吼起霜风。

南乡子 邢州道上作

秋色冷并刀，一派酸风卷怒涛。并马三河年少客，粗豪，皂栎林中醉射雕。　残酒忆荆高，燕赵悲歌事未消。忆昨车声寒易水，今朝，慷慨还过豫让桥。

虞美人 无聊

无聊笑捻花枝说，处处鹃啼血。好花须映好楼台，休傍秦关蜀栈战场开。　倚楼极目添愁绪，更对东风语：好风休簸战旗红，早送鲥鱼如雪过江东！

醉落魄 咏鹰

寒山几堵，风低削碎中原路。秋空一碧无今古。醉袒貂裘，略记寻呼处。　男儿身手和谁赌？老来猛气还轩举。人间多少闲狐兔？月黑沙黄，此际偏思汝。

【评】

陈廷焯曰：声色俱厉，较杜陵“安得尔辈开其群，驱出六合枭鸾分”之句，更为激烈。（《白雨斋词话》卷三）

夜游宫 秋怀四首

其一

耿耿秋情欲动，早喷入霜桥笛孔。快倚西风作三弄。短狐悲，瘦猿愁，啼破冢。　碧落银盘冻，照不了秦关楚陇。无数蛩吟古砖缝。料今宵，靠屏风，无好梦。

其二

秋气横排万马，尽屯在长城墙下。每到三更素商泻。湿龙楼，晕鸳机，迷爵瓦。　谁复怜卿者？酒醒后槌床悲诧。使气筵前舞甘蔗。我思兮，古之人，桓子野。

其三

箭与饥鸱竞快，侧秋脑角鹰愁态。骏马妖姬秣燕代。笑吴儿，困雕虫，矜细咳。　　龌龊谁能耐？总一笑浮云睚眦。独去为佣学无赖。圯桥边，有猿公，期我在。

其四

一派明云荐爽，秋不住碧空中响。如此江山徒莽苍。伯符耶？寄奴耶？嗟已往。　　十载羞厮养，孤负煞长头大颡。思与骑奴游上党。趁秋晴，蹴莲花，西岳掌。

【评】

陈廷焯曰：字字精悍，正如干将出匣，寒光逼人。（《白雨斋词话》卷三）

唐多令 春暮半塘小泊

水榭枕官河，朱栏倚粉娥，记早春栏畔曾过。关著绿纱窗一扇，吹钿笛，是伊么？　　无语注横波，裙花信手搓，怅年光一往蹉跎。卖了杏花挑了菜，春纵好，已无多！

师师令 汴京访李师师故巷

宣和天子，爱微行坊市。有人潜隐小屏红，低唱道香橙纤指。夜半无人莺语脆，正绿窗风细。　如今往事消沉矣！怅暮云千里。含情试问旧倡楼，奈门巷条条相似。头白居人随意指，道斜阳边是。

过涧歇 显德寺前看枫叶

岚翠浓于草鞋夹，绕坡细流，淙淙暗通苕霅。谷声遝，下落乱泉声里，愀悄如相答。此间景，纯得关仝巨然法。　寺松三百本，雨溜苍皮，霜雕黛甲，秃干争敧压。笑语同游：黄叶鸣檐，丹枫裹寺，如何不荷埋身锸？

鹊踏花翻

春夜听客弹琵琶，作《隋唐平话》。

雨滴梅梢，雪消蕙叶，入春难得今宵暇。倩他银甲凄清，铁拨纵横，声声迸碎鸳鸯瓦。依稀长乐夜乌啼，分明湓浦邻船话。　腕下，多少孤城战马，一时都作哀湍泻。今日黑闼营空，尉迟杯冷，落叶浮清灞。百年青史不胜愁，两行银烛空如画。

满江红 秋日经信陵君祠

席帽聊萧，偶经过信陵祠下。正满目荒台败叶，东京客舍。九月惊风将落帽，半廊细雨时飘瓦。柏初红偏向坏墙边，离披打。　今古事，堪悲诧。身世恨，从牵惹。倘君而尚在，定怜余也。我讵不如毛薛辈，君宁甘与原尝亚？叹侯嬴老泪苦无多，如铅泻。

【评】

陈廷焯曰：慨当以慷，不嫌自负。如此吊古，可谓神交冥漠。（《白雨斋词话》卷三）

水调歌头 咏美人秋千

昨夜湔裙罢，今日意钱回。粉墙正亚朱户，其外有铜街。百丈同心彩索，一寸双文画板，风飐绣旗开。低约腰间素，小摘鬓边牌。　　翩然上，掠绿草，拂苍苔。粉裙欲起未起，弄影惜身材。忽趁临风回鹘，快作点波新燕，糁落一庭梅。向晚半轮玉，隐隐照遗钗。

夏初临 本意

癸丑三月十九日，用明杨孟载韵。

中酒心情，拆绵时节，瞢腾刚送春归。一亩池塘，绿阴浓触帘衣。柳花搅乱晴晖，更画梁玉剪交飞。贩茶船重，挑笋人忙，山市成围。　　蓦然却想，三十年前，铜驼恨积，金谷人稀。划残竹粉，旧愁写向阑西。惆怅移时，镇无聊掏损蔷薇。许谁知？细柳新蒲，都付鹃啼。

【评】

谭献曰：故家乔木，语自不同。（《箧中词》一）

念奴娇

读屈翁山诗，有作。

灵均苗裔，羡十年学道，匡庐山下。忽听帘泉飏冷瀑，豪气轶于生马。亟跳三边，横穿九塞，开口谈王霸。军中球猎，醉从诸将游射。　　提罢匕首入秦，不禁忍俊，缥缈思登华。白帝祠边三尺雪，正值玉姜思嫁。笑把岳莲，乱抛博箭，调弄如花者。归而偕隐，白羊瑶岛同跨。

琵琶仙

泥莲庵夜宿，同子万弟与寺僧闲话。（庵外白莲数亩）

倦客心情，况遇着秋院捣衣时节。惆怅侧帽垂鞭，凝情伫寥泬。三间寺水窗斜闭，一声磬林香暗结。且啜茶瓜，休论尘世，此景清绝！　　询开士杖锡何来？奈师亦江东旧狂客。惹起南朝零恨，与疏钟呜咽。有多少西窗闲话，对禅床剪烛低说。渐渐风弄莲衣，满湖吹雪。

水龙吟 秋感

夜来几阵西风，匆匆偷换人间世。凄凉不为，秦宫汉殿，被伊吹碎。只恨人生，些些往事，也成流水。想桃花露井，桐英永巷，青骢马，曾经系。
光景如新宛记，记瑶台相逢姝丽。微烟淡月，回廊复馆，许多情事。今日重游，野花乱蝶，迷蒙而已！愿天公还我，那年一带，玉楼银砌。

齐天乐 辽后妆楼

洗妆楼下伤情路，西风又吹人到。一绺山鬟，半梳苔发，想像新兴闹扫。塔铃声悄，说不尽当年，月明花晓。人在天边，轴帘遥闪茜钗小。　如今顿成往事，回心深院里，也长秋草。上苑云房，官家水殿，惯是萧娘易老。红颜懊恼，与建业萧家，一般残照。惹甚闲愁？且归斟翠醥。

尉迟杯

许月度新自金陵归，以《青溪集》示我，感赋。

青溪路，记旧日年少嬉游处。覆舟山畔人家，麾扇渡头士女。水花风片，有十万珠帘夹烟浦。泊画船、柳下楼前，衣香暗落如雨。　闻说近日台城，剩黄蝶蒙蒙，和梦飞舞。绿水青山浑似画，只添了几行秋戍。三更后盈盈皓月，见无数精灵含泪语。想胭脂井底娇魂，至今怕说擒虎。

沁园春二首

赠别芝麓先生，即用其题《乌丝词》韵。

其一

四十诸生，落拓长安，公乎念之！正戟门开日，呼余惊座；烛花灭处，目我于思。古说感恩，不如知己，卮酒为公安足辞？吾醉矣！才一声河满，泪滴珠徽。　　昨来夜雨霏霏，叹如此狂飙世所稀。恰山崩石裂，其穷已甚；狮腾象踏，此景尤奇。我赋将归，公言小住，归路银涛百丈飞。氍毹暖，趁铜街似水，赓和无题。

其二

归去来兮！竟别公归，轻帆早张。看秋方欲雨，诗争人瘦；天其未老，身与名藏。禅榻吹箫，妓堂说剑，也算男儿意气扬。真愁绝，却心忧似月，鬓秃成霜。　　新词填罢苍凉，更暂缓临歧入醉乡。况仆本恨人，能无刺骨；公真长者，未免沾裳。此去荆溪，旧名罨画，拟绕萧斋种白杨。从今后，莫逢人许我，宋艳班香。

沁园春

题徐渭文《钟山梅花图》，同云臣、南耕、京少赋。

十万琼枝，矫若银虬，翩如玉鲸。正困不胜烟，香浮南内；娇偏怯雨，影落西清。夹岸亭台，接天歌板，十四楼中乐太平。谁争赏？有珠珰贵戚，玉佩公卿。　如今潮打孤城，只商女船头月自明。叹一夜啼乌，落花有恨；五陵石马，流水无声。寻去疑无，看来似梦，一幅生绡泪写成。携此卷，伴水天闲话，江海余生。

【评】

陈廷焯曰：情词兼胜，骨韵都高，几合苏、辛、周、姜为一手。(《白雨斋词话》卷三)

贺新郎 秋夜呈芝麓先生

掷帽悲歌发。正倚幌孤秋独眺，凤城双阙。一片玉河桥下水，宛转玲珑如雪。其上有秦时明月。我在京华沦落久，恨吴盐只点离人发。家何在？在天末。

凭高对景心俱折。关情处燕昭乐毅，一时人物。白雁横天如箭叫，叫尽古今豪杰。都只被江山磨灭。明到无终山下去，拓弓弦渴饮黄獐血。长杨赋，竟何益？

贺新郎 赠苏昆生

苏，固始人，南曲为当今第一。曾与说书叟柳敬亭同客左宁南幕下，梅村先生为赋《楚两生行》。

吴苑春如绣。笑野老花颠酒恼，百无不有。沦落半生知己少，除却吹箫屠狗。算此外谁欤吾友？忽听一声河满子，也非关泪湿青衫透，是鹃血，凝罗袖。　武昌万叠戈船吼。记当日征帆一片，乱遮樊口。隐隐柁楼歌吹响，月下六军搔首。正乌鹊南飞时候。今日华清风景换，剩凄凉鹤发开元叟。我亦是，中年后！

贺新郎

冬夜不寐写怀，用稼轩、同父倡和韵。

已矣何须说！笑乐安彦昇儿子，寒天衣葛。百结千丝穿已破，磨尽炎风腊雪。看种种是余之发。半世琵琶知者少，枉教人斜抱胸前月。羞再挟，王门瑟。　黄皮袴褶军装别。出萧关边笳夜起，黄云四合。直向李陵台畔望，多少如霜战骨。陇头水助人愁绝。此意尽豪那易遂？学龙吟屈煞床头铁。风正吼，烛花裂。

贺新郎

伯成先生席上赠韩修龄（韩，关中人，圣秋舍人小阮，流浪东吴，善说平话。）

月上梨花午。恰重逢江潭旧识，喁喁尔汝。绛烛两行浑不夜，添上三通画鼓。说不尽残唐西楚。话到英雄儿女恨，绿牙屏惊醒红鹦鹉。雕笼内，泪如雨！　一般怀抱君尤苦。家本在扶风盩厔，五陵佳处。汉阙唐陵回首望，渭水无情东去。剩短蜡声声诉与。绣岭宫前花似血，正秦川公子迷归路。重酌酒，尽君语。

贺新郎 纤夫词

战舰排江口。正天边真王拜印，蛟螭蟠钮。征发棹船郎十万，列郡风驰雨骤。叹闾左骚然鸡狗。里正前团催后保，尽累累锁系空仓后。捽头去，敢摇手？　稻花恰称霜天秀。有丁男临歧诀绝，草间病妇。此去三江牵百丈，雪浪排樯夜吼。背耐得土牛鞭否？好倚后园枫树下，向丛祠亟倩巫浇酒。神祐我，归田亩。

贺新郎 赠何生铁

铁，小字阿黑，镇江人，流寓泰州，精诗画，工篆刻。

铁汝前来者！曷不学雀刀龙笛，腾空而化？底事六州都铸错，孤负阴阳炉冶？气上烛斗牛分野。小字又闻呼阿黑，讵王家处仲卿其亚？休放诞，人笞骂。　萧疏粉墨营丘画。更雕镵渐台威斗，邺官铜瓦。不值一钱畴惜汝？醉倚江楼独夜。月照到寄奴山下。故国十年归不得，旧田园总被寒潮打。思乡泪，浩盈把。

【评】

陈廷焯曰：飞扬跋扈，不可羁缚，一味横霸，亦足雄跨一时。（《白雨斋词话》卷三）

摸鱼儿

家善伯自崇川来，小饮冒巢民先生堂中。闻白生璧双亦在河下，喜甚，数使趣之。须臾，白生抱琵琶至，拨弦按拍，宛转作陈、隋数弄，顿尔至致。余也悲从中来，并不自知其何以故也。别后寒灯孤馆，雨声萧槭，漫赋此词，时漏已下四鼓矣。

是谁家本师绝艺？檀槽掐得如许！半弯逻逤无情物，惹我伤今吊古。君何苦！君不见青衫已是人迟暮。江东烟树。纵不听琵琶，也应难觅，珠泪曾干处。

凄然也！恰似秋宵掩泣，灯前一对儿女。忽然凉瓦飒然飞，千岁老狐人语。浑无据！君不见澄心结绮皆尘土。两家后主，为一两三声，也曾听得，撇却家山去。

【评】

谭献曰：拔奇本师长歌之外。（《箧中词》二）

以上陈维崧词三十四首，录自《湖海楼词》。

【集评】

蒋景祁曰：读先生之词者，以为苏、辛可，以为周、秦可，以为温、韦可，以为左、国、史、汉、唐、宋诸家之文亦可。盖既具什伯众人之才，而又笃志好古，取裁非一体，造就非一诣，豪情艳趍，触绪纷起，而要皆含咀酝酿而后出，以故履其阈，赏心洞目，接应不暇；探其奥，乃不觉晦明风雨之真移我情；噫其至矣！（《陈检讨词钞序》）

谭献曰：锡鬯、其年出，而本朝词派始成。顾朱伤于碎，陈厌其

率，流弊亦百年而渐变。锡鬯情深，其年笔重，固后人所难到。嘉庆以前，为二家牢笼者十居七八。（《箧中词》二）

陈廷焯曰：国初词家，断以迦陵为巨擘。后人每好扬朱而抑陈，以为竹垞独得南宋真脉。呜呼！彼岂真知有南宋哉？迦陵词气魄绝大，骨力绝遒，填词之富，古今无两。只是一发无余，不及稼轩之浑厚沉郁。然在国初诸老中，不得不推为大手笔。　　迦陵词沉雄俊爽，论其气魄，古今无敌手。若能加以浑厚沉郁，便可突过苏、辛，独步千古，惜哉！蹈扬湖海，一发无余，是其年短处；然其长处亦在此。盖偏至之诣，至于绝后空前，亦令人望而却走，其年亦人杰矣哉！其年诸短调，波澜壮阔，气象万千，是何神勇！（《白雨斋词话》卷三）

朱彝尊

朱彝尊，字锡鬯，号竹垞，又号金风亭长、小长芦钓鱼师，浙江秀水人。明崇祯二年(一六二九)生。清康熙己未(一六七九)，举博学鸿词，授检讨，寻入直南书房，出典江南省试。罢归后，殚心著述。工诗，与王士禛为南北二大宗，论者谓王才高而学足以副之，朱学博而才足以运之。康熙四十八年(一七〇九)卒，年八十一。著有《日下旧闻》《经义考》《曝书亭诗文集》等书。(参考《国朝先正事略》卷三十九《文苑》)彝尊选辑唐、五代、宋以来下逮元张翥诸家词为《词综》，以开浙西词派，而其渊源所自，盖出于曹溶(嘉兴人)。尝称："余壮日从先生(谓曹溶)南游岭表，西北至云中，酒阑灯灺，往往以小令、慢词，更迭唱和。有井水处，辄为银筝、檀板所歌。念倚声虽小道，当其为之，必崇尔雅，斥淫哇，极其能事，则亦足以宣昭六义，鼓吹元音。往者明三百祺，词学失传，先生搜辑遗集，余曾表而出之。数十年来，浙西填词者，家白石而户玉田，春容大雅，风气之变，实由于此。"(《静志居诗话》)于此，亦足略窥其宗旨，及其影响所及。其《曝书亭词》，自定为《江湖载酒集》《静志居琴趣》《茶烟阁体物集》《蕃锦集》等四种，有李富孙注本。朱孝臧题云："江湖老，载酒一年年。体素微妨耽绮语，贪多宁独是诗篇？宗派浙河先。"(《彊邨语业》卷三)浙派词以醇雅为宗，其流弊每致意旨枯寂，视湖海楼一派之叫嚣犷悍，厥失维均，而创始者不任其咎也。

高阳台

吴江叶元礼，少日过流虹桥，有女子在楼上，见而慕之，竟至病死。气方绝，适元礼复过其门，女之母以女临终之言告叶，叶入哭，女目始瞑。友人为作传，余记以词。

桥影流虹，湖光映雪，翠帘不卷春深。一寸横波，断肠人在楼阴。游丝不系羊车住，倩何人传语青禽？最难禁，倚遍雕阑，梦遍罗衾。　重来已是朝云散，怅明珠佩冷，紫玉烟沉。前度桃花，依然开满江浔。钟情怕到相思路，盼长堤草尽红心。动愁吟，碧落黄泉，两处谁寻？

【评】

谭献曰：遗山、松雪所不能为。（《箧中词》二）

桂殿秋

思往事，渡江干，青蛾低映越山看。共眠一舸听秋雨，小簟轻衾各自寒。

【评】

谭献曰：单调小令，近世名家，复振五代、北宋之绪。（《箧中词》二）　况周颐曰：或问国朝词人，当以谁氏为冠？再三审度，举金风亭长对。问佳构奚若？举捣练子（即《桂殿秋》）云云。（《蕙风词话》卷五）

满江红 吴大帝庙

玉座苔衣，拜遗像紫髯如乍。想当日周郎陆弟，一时声价。乞食肯从张子布？举杯但属甘兴霸。看寻常谈笑敌曹刘，分区夏。　　南北限，长江跨。楼橹动，降旗诈。叹六朝割据，后来谁亚？原庙尚存龙虎地，春秋未辍鸡豚社。剩山围衰草女墙空，寒潮打。

卖花声 雨花台

衰柳白门湾，潮打城还。小长干接大长干。歌板酒旗零落尽，剩有渔竿。　　秋草六朝寒，花雨空坛。更无人处一凭阑。燕子斜阳来又去，如此江山！

【评】

谭献曰：声可裂竹。（《箧中词》二）

洞仙歌 吴江晓发

澄湖淡月，响渔榔无数。一霎通波拨柔橹。过垂虹亭畔，语鸭桥边，篱根绽点点牵牛花吐。　　红楼思此际，谢女檀郎，几处残灯在窗户。随分且敧眠，枕上吴歌，声未了梦轻重作。（去声）也尽胜鞭丝乱山中，听风铎郎当，马头冲雾。

梅花引 苏小小墓

小溪澄，小桥横，小小坟前松柏声。碧云停，碧云停，凝想往时，香车油壁轻。　溪流飞遍红襟鸟，桥头生遍红心草。雨初晴，雨初晴，寒食落花，青骢不忍行。

百字令 度居庸关

崇墉积翠，望关门一线，似悬檐溜。瘦马登登愁径滑，何况新霜时候？画鼓无声，朱旗卷尽，惟剩萧萧柳。薄寒渐甚，征袍明日添又。　谁放十万黄巾？丸泥不闭，直入车箱口。十二园陵风雨暗，响遍哀鸿离兽。旧事惊心，长涂望眼，寂寞闲庭堠。当年锁钥，董龙真是鸡狗。

【评】

谭献曰：意深。（《箧中词》二）

消　息 度雁门关

千里重关，凭谁踏遍，雁衔芦处？乱水滹沱，层霄冰雪，鸟道连勾注。画角吹愁，黄沙拂面，犹有行人来去。问长途斜阳瘦马，又穿入，离亭树。　　猿臂将军，鸦儿节度，说尽英雄难据。窃国真王，论功醉尉，世事都如许！有限春衣，无多山店，酹酒徒成虚语！垂杨老，东风不管，雨丝烟絮。

夏初临 天龙寺是高欢避暑宫旧址

贺六浑来，主三军队，壶关王气曾分。人说当年，离宫筑向云根。烧烟一片氤氲，想香姜古瓦犹存。琵琶何处？听残敕勒，销尽英魂。　　霜鹰自去，青雀空飞，画楼十二，冰井无痕。春风袅娜，依然芳草罗裙。驱马斜阳，到鸣钟佛火黄昏。伴残僧千山万山，凉月松门。

河　传 送米紫来入燕

南陌，归客，紫骝骄。水驿山椒，路遥，落花如雨烟外飘。河桥，折残杨柳条。　　别酒西堂官烛短，红玉碗，醉也休辞满。漏声催，且徘徊，一杯，劝君更一杯。

【评】

谭献曰：渐近自然。（《箧中词》二）

蝶恋花 重游晋祠题壁

十里浮岚山近远。小雨初收，最喜春沙软。又是天涯芳草遍，年年汾水看归雁。　系马青松犹在眼。胜地重来，暗记韶华变。依旧纷纷凉月满，照人独上溪桥畔。

金明池

燕台怀古，和申随叔翰林。

西苑妆楼，南城猎骑，几处笳吹芦叶？孤鸟外生烟夕照，对千里万里积雪。更谁来击筑高阳？但满眼、花豹明驼相接。剩野火楼桑，秋尘石鼓，陌上行人空说。　战斗渔阳何曾歇？笑古往今来，浪传豪杰。绿头鸭悲吟乍了，白翎雀醉歌还阕。数燕云十六神州，有多少园陵，颓垣断碣。正石马嘶残，金仙泪尽，古水荒沟寒月。

罥马索

送崔二再游黔中，兼讯李斯年。

玉骢嘶，须把青丝罥他住。燕歌易酒，莫辞今夕离亭聚。浮云一望，绿波千里，满目销魂江淹赋。计落花时节黄陵，楚竹湘烟响柔橹。　行旅，罗施天末，木瓜金筑，且伴参军作蛮语。乱水孤舟逢人少，惟有冷猿昏雨。南寻李白，问讯何如？为报频年相思苦。道故人别来诗卷，总是人间断肠句。

青玉案 临淄道上

清秋满目临淄水，一半是，牛山泪。此地从来多古意：王侯无数，残碑破冢，禾黍西风里。　青州从事须沉醉，稷下雄谈且休矣！回首吴关二千里。分明记得，先生弹铗，也说归来是。

迈陂塘 题其年填词图

擅词场飞扬跋扈，前身可是青兕？风烟一壑家阳羡，最好竹山乡里。携砚几，坐罨画溪阴，袅袅珠藤翠。人生快意，但紫笋烹泉，银筝侑酒，此外总闲事。　　空中语，想出空中姝丽，图来菱角双髻。乐章琴趣三千调，作者古今能几？团扇底，也直得尊前，记曲呼娘子。旗亭药市，听江北江南，歌尘到处，柳下井华水。

解佩令 自题词集

十年磨剑，五陵结客，把平生涕泪都飘尽。老去填词，一半是空中传恨，几曾围燕钗蝉鬓？　　不师秦七，不师黄九，倚新声玉田差近。落拓江湖，且分付歌筵红粉。料封侯白头无分！

临江仙

菜甲齐开更敛，柳绵欲起还沉。一春闲望费沉吟。酒旗风着力，花事雨惊心。　　巷窄猧儿不吠，楼高燕子难寻。熏炉小篆叠重衾。绿阴犹未满，庭院已深深。

【评】

谭献曰：风谕三昧。(《箧中词》二)

水龙吟 谒张子房祠

当年博浪金椎，惜乎不中秦皇帝！咸阳大索，下邳亡命，全身非易。纵汉当兴，使韩成在，肯臣刘季？算论功三杰，封留万户，都未是，平生意。遗庙彭城旧里，有苍苔断碑横地。千盘驿路，满山枫叶，一湾河水。沧海人归，圯桥石杳，古墙空闭。怅萧萧白发，经过揽涕，向斜阳里。

【评】

谭献曰：何堪使洪、吴辈闻之。(《箧中词》二)

金缕曲 初夏

谁在纱窗语？是梁间双燕多愁，惜春归去。早有田田青荷叶，占断板桥西路。听半部新添蛙鼓。小白蔫红都不见，但愔愔门巷吹香絮。绿阴重，已如许！　花源岂是重来误？尚依然倚杏雕阑，笑桃朱户。隔院秋千看尽拆，过了几番疏雨。知永日簸钱何处？午梦初回人定倦，料无心肯到闲庭宇。空搔首，独延伫。

【评】

谭献曰：人才进退，知己难寻，所感甚深。（《箧中词》二）

以上录自《江湖载酒集》。

忆少年

飞花时节，垂杨巷陌，东风庭院。重帘尚如昔，但窥帘人远。　叶底歌莺梁上燕，一声声伴人幽怨。相思了无益，悔当初相见。

渔家傲

淡墨轻衫染趁时，落花芳草步迟迟。行过石桥风渐起，香不已，众中早被游人记。　桂火初温玉酒卮，柳阴残照柁楼移。一面船窗相并倚，看渌水，当时已露千金意。

瑶　花 午梦

日长院宇，针线慵拈，况倚阑无绪？翡帷翠幄，

忆少年(飞花时节)

看展尽忘却东风帘户。芳魂摇漾，渐听不分明莺语。逗红蕉叶底微凉，几点绿天疏雨。　画屏遮遍遥山，知一缕巫云，吹堕何处？愁春未醒，定化作凤子寻香留住。相思人并，料此际惊回最苦。亟丁宁池上杨花，莫便枕边飞去。

南楼令

疏雨过轻尘，圆莎结翠茵，惹红襟乳燕来频。乍暖乍寒花事了，留不住，塞垣春。　归梦苦难真，别离情更亲，恨天涯芳信无因。欲话去年今日事，能几个，去年人？

一叶落

泪眼注，临当去，此时欲住已难住。下楼复上楼，楼头风吹雨。风吹雨，草草离人语。

以上录自《静志居琴趣》。

东风袅娜游丝

倩东君着力，系住韶华。穿小径，漾晴沙。正阴云笼日，难寻野马；轻飔染草，细绾秋蛇。燕蹴还低，莺衔忽溜，惹却黄须无数花。纵许悠扬度朱户，终愁人影隔窗纱。　　惆怅谢娘池阁，湘帘乍卷，凝斜盼近拂檐牙。疏篱罥，短墙遮。微风别院，好景谁家？红袖招时，偏随罗扇；玉鞭堕处，又逐香车。休憎轻薄，笑多情似我；春心不定，飞梦天涯。

【评】

谭献曰：层台婵媛。(《箧中词》二)

长亭怨慢雁

结多少悲秋俦侣，特地年年，北风吹度。紫塞门孤，金河月冷，恨谁诉？回汀枉渚，也只恋，江南住。随意落平沙，巧排作参差筝柱。　　别浦，惯惊移莫定，应怯败荷疏雨。一绳云杪，看字字悬针垂露。渐敧斜无力低飘，正目送碧罗天暮。写不了相思，又蘸凉波飞去。

【评】

陈廷焯曰：感慨身世，以凄切之情，发哀婉之调，既悲凉，又

忠厚，是竹垞直逼玉田之作，集中亦不多见。（《白雨斋词话》卷三）

以上录自《茶烟阁体物集》。

以上朱彝尊词二十六首，录自《曝书亭词》。

【集评】

陈廷焯曰：竹垞词疏中有密，独出冠时，微少沉厚之意。《江湖载酒集》洒落有致，《茶烟阁体物集》组织甚工，《蕃锦集》运用成语，别具匠心，然皆无甚大过人处。惟《静志居琴趣》一卷，尽扫陈言，独出机杼，艳词有此，匪独晏、欧所不能，即李后主、牛松卿亦未尝梦见，真古今绝构也，惜托体未为大雅。《静志居琴趣》一卷，生香真色，得未曾有！前后次序，略可意会，不必穿凿求之。（《白雨斋词话》卷三）

【本事】

冒广生曰：世传竹垞《风怀二百韵》为其妻妹作，其实《静志居琴趣》一卷，皆《风怀》注脚也。竹垞年十七，娶于冯。冯孺人名福贞，字海媛，少竹垞一岁。冯夫人之妹名寿常，字静志，少竹垞七岁。曩闻外祖周季贶先生言：十五六年前，曾见太仓某家藏一簪，簪刻"寿常"二字，因悟洞仙歌词云："金簪二寸短，留结殷勤，铸就偏名有谁认？"盖真有本事也。（《小三吾亭词话》卷三）

王士禛

王士禛(避雍正讳改士正),字贻上,号阮亭,别号渔洋山人,山东新城人。年十八,中顺治八年(一六五一)乡试,十五年(一六五八)举会试,选扬州推官,由礼部主事累迁少詹事,奉命祭告南海,官至刑部尚书,康熙五十年(一七一一)卒,距生明崇祯七年(一六三四),年七十八,谥文简。少游历下,集诸名士于明湖,赋《秋柳诗》,和者数百人。在扬州,与林茂之、杜于皇、孙豹人、方尔止等修禊红桥,又与陈其年、邵潜夫等修禊如皋冒氏之水绘园。每公暇,辄召宾客,泛舟载酒平山堂。吴梅村云"贻上在广陵,昼了公事,夜接词人",盖实录也。尝遍游秦、晋、洛、蜀、闽、越、江、楚间,所至访其贤豪,考其风土,遇佳山水,必登临,融怿会萃,一发之于诗,故其诗能尽古今之奇变,蔚然为一代风气所归。(《国朝先正事略》卷六《名臣传》)著有《带经堂集》《池北偶谈》等书。其词集流传,有孙默刻本,名《衍波词》,赵之谦刻本名《阮亭诗余》,吴氏《石莲庵山左人词》所收为《衍波词》。朱孝臧题云:"消魂极,绝代阮亭诗。见说绿杨城郭畔,游人争唱冶春词,把笔尽凄迷。"(《彊邨语业》卷三)士禛诗主神韵,尤工绝句。以余力填词,特长小令,盖与绝句同一机杼也。

浣溪沙 三首

红桥同箨庵、茶村、伯玑、其年、秋崖赋。

其一

北郭青溪一带流,红桥风物眼中秋,绿杨城郭是扬州。　西望雷塘何处是?香魂零落使人愁,澹烟芳草旧迷楼。

其二

白鸟朱荷引画桡，垂杨影里见红桥，欲寻往事已魂消。　遥指平山山外路，断鸿无数水迢迢，新愁分付广陵潮。

其三

绿树横塘第几家？曲阑干外卓金车，渠侬独浣越溪纱。　浦口雨来虹断续，桥边人醉月横斜，棹歌声里采菱花。

附《红桥游记》：

出镇淮门，循小秦淮折而北，陂岸起伏多态，竹木蓊郁，清流映带。人家多因水为园，亭榭溪塘，幽窈而明瑟，颇尽四时之美。拏小舟，循河西北行，林木尽处，有桥，宛然如垂虹下饮于涧，又如丽人靓妆袨服，流照明镜中，所谓红桥也。游人登平山堂，率至法海寺，舍舟而陆，径必出红桥下。桥四面皆人家荷塘，六七月间，菡萏作花，香闻数里，青帘白舫，络绎如织，良谓胜游矣。予数往来北郭，必过红桥，顾而乐之。登桥四望，忽复裴回感叹。当哀乐之交乘于中，往往不能自喻其故。王谢冶城之语，景晏牛山之悲，今之视昔，亦有然耶？壬寅季夏之望，与箨庵、茶村、伯玑诸子偶然漾舟，酒阑兴极，援笔成小词二章，诸子倚而和之。箨庵继成一章，予亦属和。嗟乎！丝竹陶写，何必中年？山水清音，自成佳话。予与诸子聚散不恒，良会未易遘，而红桥之名，或反因诸子而得传于后世，增怀古凭吊者之裴回感叹，如予今日，未可知也。

【评】

谭献曰：第一首名贵，第二首风人之旨。(《箧中词》一)

蝶恋花 和漱玉词

凉夜沉沉花漏冻。攲枕无眠，渐听荒鸡动。此际闲愁郎不共，月移窗罅春寒重。　忆共锦衾无半缝，郎似桐花，妾似桐花凤。往事迢迢徒入梦，银筝断续连珠弄。(乐府合欢诗："寝共无缝裯。"河间杂弄有《连珠弄》。)

【评】

谭献曰：深于梁、陈。(《箧中词》一)

以上王士禛词四首，录自《石莲庵山左人词》本《衍波词》。

【集评】

唐允甲曰：贻上柬其鸿博淹雅之才，作为花间隽语，极哀艳

之深情，穷倩盼之逸趣。（《衍波词序》）

陈廷焯曰：渔洋小令，能以风韵胜，仍是做七绝惯技耳。然自是大雅，但少沉郁顿挫之致。渔洋词含蓄有味，但不能沉厚，盖含蓄之意境浅，沉厚之根柢深也。（《白雨斋词话》卷三）

曹贞吉

曹贞吉，字升六，号实庵，山东安丘人。明崇祯七年(一六三四)生。清康熙三年(一六六四)进士，官礼部郎中。诗格道炼，宋荦极推许之。著有《珂雪诗词集》。其论词谓："离而得合，乃为大家。若优孟衣冠，天壤间只生古人已足，何用有我?"故其词宁为创，不为述，宁失之粗豪，不甘为描写。(石莲庵本《珂雪词话》)朱孝臧题其词集云："留客住，绝调鹧鸪篇。脱尽词流芗泽习，相高秋气对南山，骎度衍波前。"(《彊邨语业》卷三)其魄力固在王士禛之上也。

蝶恋花 十二首录一

读《六一集》十二月鼓子词，嫌其过于富丽。吾辈为之，正不妨作酸馅语耳。闲中试笔，即以故乡风物谱之。

五月黄云全覆地。打麦场中，咿轧声齐起。野老讴歌天籁耳，那能略辨宫商字？　屋角槐阴耽美睡，梦到华胥，蝴蝶翩翩矣。客至夕阳留薄醉，冷淘饦馎穷家计。

留客住 鹧鸪

瘴云苦！遍五溪沙明水碧，声声不断，只劝行人休去。行人今古如织，正复何事关卿？频寄语。空祠废驿，便征衫湿尽，马蹄难驻。　风更雨，一发中原，杳无望处。万里炎荒，遮莫摧残毛羽。记否越王春殿，宫女如花，只今惟剩汝？子规声续，想江深月黑，低头臣甫。

【评】

谭献曰：投荒念乱之感。(《箧中词》一)

扫花游

春雪，用宋人韵。

元宵过也，看春色靡芜，澹烟平楚。湿云万缕，又轻阴作晕，蜂儿乱舞。一夜梅花，暗落西窗似雨。飘摇去，试问逐风，归到何处？　灯事才几许，记流水钿车，画桥争路。兰房列俎，叹蕣华易掷，鬓丝堆素。拥断关山，知有离人独苦。漫凭伫，听寒城数、声谯鼓。

【评】

陈廷焯曰：绵雅幽细，斟酌于美成、梅溪、碧山、公谨而出之

者。(《白雨斋词话》卷三)

满庭芳 和人潼关

太华垂旒，黄河喷雪，咸秦百二重城。危楼千尺，刁斗静无声。落日红旗半卷，秋风急牧马悲鸣。闲凭吊，兴亡满眼，衰草汉诸陵。　泥丸封未得，渔阳鼙鼓，响入华清。早平安烽火，不到西京。自古王公设险，终难恃带砺之形。何年月，铲平斥堠，如掌看春耕？

贺新凉 再赠柳敬亭

咄汝青衫叟！阅浮生繁华萧瑟，白衣苍狗。六代风流归抵掌，舌下涛飞山走。似易水歌声听久。试问于今真姓字，但回头笑指芜城柳。休暂住，谭天口。　当年处仲东来后，断江流楼船铁锁，落星如斗。七十九年尘土梦，才向青门沽酒。更谁是嘉荣旧友？天宝琵琶宫监在，诉江潭憔悴人知否？今昔恨，一搔首！

以上曹贞吉词五首，录自《石莲庵刻山左人词》本《珂雪词》。

【集评】

王炜曰：珂雪词肮脏磊落，雄浑苍茫，是其本色，而语多奇气，惝恍傲睨，有不可一世之意。至其珠圆玉润，迷离哀怨，于缠绵款至中自具萧洒出尘之致，绚烂极而平淡生，不事雕锼，俱成妙诣。（《珂雪词序》）

陈廷焯曰：珂雪词在国初诸老中，最为大雅，才力不逮朱、陈，而取径较正。国朝不乏词家，四库独收珂雪，良有以也。（《白雨斋词话》卷三）

李良年

李良年，字武曾，浙江秀水人。明崇祯八年(一六三五)生。少与朱彝尊齐名。康熙中，以国子生召试鸿博。徐乾学开《一统志》局于洞庭西山，聘任分修。康熙三十三年(一六九四)卒。著有《秋锦山房集》。曹贞吉曰："秋锦论词，必尽扫蹊径，独露本色。尝谓南宋词人，如梦窗之密，玉田之疏，必兼之，乃工。"(《秋锦山房词序》)于此，足见其所宗尚，亦浙派初期之大家也。

柳梢青

怀友人，在白下。

春事闲探，月斜风细，叶叶轻帆。燕子来时，梅花落尽，人在江南。　晚来何处停骖？携手处王孙旧谙。白下残钟，青溪远笛，今夜难堪。

暗　香 绿萼梅

春才几日？蚤数枝开遍，笑他红白。仙径曾逢，萼绿华来记相识。修竹天寒翠倚，翻认了暗侵苔色。纵一片月底难寻，微晕怎消得？　脉脉，清露湿，便静掩帘衣，夜香难隔。吴根旧宅，篱角无言照溪侧。只有楼边易堕，又何处短亭风笛？归路杳，但梦绕铜阮断碧。

【评】

谭献曰：白石故以幽胜。（《箧中词》二）

以上李良年词二首，录自《秋锦山房词》。

顾贞观

顾贞观，字华峰，号梁汾，江苏无锡人。康熙丙午(一六六六)顺天举人，擢秘书院典籍。戊申(一六六八)丁外艰归。丙辰(一六七六)复入京，馆纳兰相国家，与相国子性德交契。甲子(一六八四)还里，构积书岩，读书终老。善填词，与吴江吴兆骞交尤笃。兆骞以顺治丁酉(一六五七)科场案谪戍宁古塔，贞观为求援于性德，未即许，贞观作《金缕曲》二阕以寄兆骞，性德见之泣下，为言于其父明珠，兆骞遂得生还云。贞观生于明崇祯十年(一六三七)，至康熙五十三年(一七一四)卒。著有《积书岩集》及《弹指词》等书。贞观尝云："吾词独不落宋人圈禯，可信必传。"尝见谢康乐春草池塘梦中句，曰："吾于词曾至此境。"昔弥勒弹指，楼阁门开，善才即见百千万亿弥勒化身。贞观以斯名集，殆自示其苦心孤诣，超神入化处。同时有携其新词至朝鲜者，馆人窃诵焉。翼日儒服者八人来谒，同声乞词，尽以畀之。后日必一至，备致款曲礼仪，坚恳将来片语单辞，必为邮寄。(《诸洛弹指词序》)朱孝臧题其词集云："云海约，明镜已秋霜。但愿生还吴季子，何曾形秽汉田郎？归老有纻塘。"(《彊邨语业》卷三)竹垞、迦陵而外，贞观固亦当日一大作手也。

青玉案

天然一帧荆关画，谁打稿，斜阳下？历历水残山剩也！乱鸦千点，落鸿孤咽，中有渔樵话。　登临我亦悲秋者，向蔓草平原泪盈把。自古有情终不化。青娥冢上，东风野火，烧出鸳鸯瓦。

石州慢 御河为漕艘所阻

一月长河，奈阻崎岖，玉京犹隔。满身风露，夜寒谁问，扣舷孤客？不如归去，从教锦缆牙樯，钓丝莫负秋江碧。何事访支机？悔乘槎踪迹。　凄绝！无端阅遍，战垒遗屯，邮亭败壁。只得几行官柳，似曾相识。琵琶响断，那须月落回船，曲终始下青衫滴。晓镜待重看，有霜华堪织。

【评】

谭献曰：贫士失职。（《箧中词》一）

南乡子 捣衣

嘹唳夜鸿惊，（一作“鸣”）叶满阶除欲二更。一派西风吹不断，秋声，中有深闺万里情。　片石冷于冰，两袖霜华旋欲凝。（一作“廊上月华明，廊下霜华结渐成”）今夜戍楼归梦里，分明，纤手频呵带月迎。（一作“人在回廊曲处迎”）

【评】

谭献曰：清空若拭。（《箧中词》一）

夜行船 郁孤台

为问郁然孤峙者，有谁来雪天月夜？五岭南横，七闽东距，终古江山如画。　百感茫茫交集也！憺忘归、夕阳西挂。尔许雄心，无端客泪，一十八滩流下。

金缕曲 二首

寄吴汉槎宁古塔，以词代书，丙辰冬寓京师千佛寺冰雪中作。

其一

季子平安否？便归来，平生万事，那堪回首？行路悠悠谁慰藉？母老家贫子幼。记不起从前杯酒。魑魅搏人应见惯，总输他覆雨翻云手。冰与雪，周旋久。　泪痕莫滴牛衣透。数天涯依然骨肉，几家能彀？比似红颜多命薄，更不如今还有。只绝塞苦寒难受。廿载包胥承一诺，盼乌头马角终相救。置此札，君怀袖。

其二

我亦飘零久。十年来，深恩负尽，死生师友。宿昔齐名非忝窃，试看杜陵消瘦，曾不减夜郎僝僽。薄命长辞知己别，问人生到此凄凉否？千万恨，从君剖。
兄生辛未吾丁丑。共些时冰霜摧折，早衰蒲柳。词赋从今须少作，留取心魂相守。但愿得河清人寿。归日急翻行戍稿，把空名料理传身后。言不尽，观顿首。

二词容若见之，为泣下数行，曰："河梁生别之诗，山阳死友之传，得此而三。此事三千六百日中，弟当以身任之，不俟兄再嘱也。"余曰："人寿几何？请以五载为期。"恳之太傅，亦蒙见许，而汉槎果以辛酉入关矣。附书志感，兼志痛云。

【本事】

康熙初，吴汉槎兆骞谪戍宁古塔，其友顾贞观华峰馆于纳兰太傅家，寄吴《金缕曲》云云，太傅之子成容若见之，泣曰："河梁生别之诗，山阳死友之传，得此而三。此事三千六百日中，我当以身任之。"华峰曰："人寿几何？公子乃以十载为期耶？"太傅闻之，竟为道地，而汉槎生入玉门关矣。顾生名永者咏其事云："金兰倪使无良友，关塞终当老健儿。"说华峰之救吴季子也，太傅方宴客，手巨觥谓曰："若饮满，为救汉槎。"华峰素不饮，至是一吸而尽。太傅笑曰："余直戏耳。即不饮，余岂不救汉槎耶？虽然，何其壮也!"呜呼！公子能文,良朋爱友,太傅怜才,真一时佳话。(袁枚《随园诗话》)　　容若寄梁汾《金缕曲》,有云:"绝塞生还吴子,算眼前此外皆闲事。"盖指此也。汉槎既入关,过容若所,见斋壁大书"顾梁汾为吴汉槎屈膝处",不禁大恸云。昔人交谊之重如此!(梁令娴《艺蘅馆词选》)

【评】

谭献曰:使人增朋友之重,可以兴矣!(《箧中词》一)　　陈廷焯曰:华峰《贺新郎》两阕,只如家常说话,而痛快淋漓,宛转反覆,两人心迹,一一如见,虽非正声,亦千秋绝调也！又曰:二词纯以性情结撰而成,悲之深,慰之至,丁宁告戒,无一字不从肺腑流出,可以泣鬼神矣!(《白雨斋词话》卷三)

以上顾贞观词六首,录自《弹指词》。

【集评】

杜诏曰:弹指与竹垞、迦陵埒名。迦陵之词,横放杰出,大都出自苏、辛,卒非词家本色。竹垞神明乎姜、史,刻削隽永,本朝作者虽多,莫有过焉者。若弹指则极情之致,出入南北两宋,而奄有众长,词之集大成者也。(《弹指词序》)

陈廷焯曰:顾华峰词,全以情胜,是高人一著处。至其用笔,亦甚圆朗,然不悟沉郁之妙,终非上乘。(《白雨斋词话》卷三)

李 符

李符，字分虎，号耕客，浙江嘉兴人。崇祯十二年(一六三九)生。少与兄绳远、良年齐名，号“三李”。曾受知于曹溶，又与朱彝尊等结诗社。康熙二十八年(一六八九)卒。著有《香草居集》及《耒边词》。彝尊称其“精研于南宋诸名家，而分虎之词，愈变而极工，方之武会，无异埙篪之迭和也”(《耒边词序》)。朱孝臧题云：“长水畔，二隐比龟溪。不分诗名叨一馔，居然词派有连枝，人道好埙篪。”(《彊邨语业》卷三)兄弟并以词名，亦一时所罕也。

钓船笛(即《好事近》)

曾去钓江湖，腥浪黏天无际。浅岸平沙自好，算无如乡里。　　从今只住鸭儿边，远或泛苕水。三十六陂秋到，宿万荷花里。

以上李符词一首，录自《耒边词》。

【集评】

陈廷焯曰：二李词绝相类，大约皆规模南宋，羽翼竹垞者。武曾较雅正，而才气则分虎为胜。(《白雨斋词话》卷三)

纳兰性德

纳兰性德，字容若，初名成德，后避东宫嫌名，改曰性德，为太傅明珠长子。年十七补诸生，明年举顺天乡试，康熙丙辰(一六七六)应殿试，赐进士出身，选授三等侍卫，寻晋一等。自幼聪敏，读书一再过即不忘。尤喜为词，自唐、五代以来诸名家词，皆有选本。以洪武韵改并联属，名《词韵正略》。所著《侧帽集》后更名《饮水集》者皆词也。好观北宋之作，不喜南渡诸家，而清新秀隽，自然超逸，海内名为词者皆归之。数岁即善骑射，自在环卫，益便习，发无不中。其扈跸时，雕弓书卷，错杂左右，日则校猎，夜必读书。不肯轻为人谋，谋必竭其肺腑。所交游皆一时俊异，于世所称落落难合者，若无锡严绳孙、顾贞观、秦松龄，宜兴陈维崧，慈溪姜宸英，尤所契厚。吴江吴兆骞，久徙绝塞，性德闻其才名，赎而还之。坎坷失职之士，走京师，生馆死殡，于赀财无所计惜。生于顺治十一年(一六五四)，卒于康熙二十四年(一六八五)，年三十一。(节录徐乾学《纳兰君墓志铭》)曾刊《通志堂经解》，自著有《通志堂集》后附《通志堂词》，为顾贞观所定。清季许增复为汇集诸家刊本，为《纳兰词》五卷，附补遗一卷，刊入《榆园丛刻》中。朱孝臧题云："兰锜贵，肯作称家儿？解道红罗亭上语，人间宁独小山词？冷暖自家知。"(《彊邨语业》卷三)清代令词，盖未有过于性德者矣。

江城子 咏史

湿云全压数峰低，影凄迷，望中疑。非雾非烟神女欲来时。若问生涯原是梦，除梦里，没人知。

台城路 塞外七夕

白狼河北秋偏早，星桥又迎河鼓。清漏频移，微云欲湿，正是金风玉露。两眉愁聚。待归踏榆花，那时才诉。只恐重逢，明明相视更无语。　人间别离无数。向瓜果筵前，碧天凝伫。连理千花，相思一叶，毕竟随风何处？羁栖良苦！算未抵空房，冷香啼曙。今夜天孙，笑人愁似许！

【评】

谭献曰：逼真北宋慢词。（《箧中词》一）

浣溪沙 六首

其一

消息谁传到拒霜？两行斜雁碧天长，晚秋风景倍凄凉。　银蒜押帘人寂寂，玉钗敲竹信茫茫，黄花开也近重阳。

其二

睡起惺忪强自支，绿倾蝉鬓下帘时，夜来愁损小腰肢。　远信不归空伫望，幽期细数却参差，更兼何事耐寻思？

其三

谁道飘零不可怜？旧游时节好花天，断肠人去自今年！　一片晕红才著雨，几丝柔柳乍和烟，倩魂销尽夕阳前！（《榆园丛书》本别有题云："西郊冯氏园看海棠，因忆香严词有感"。"才"作"疑"，"几丝"句作"晚风吹掠鬓云偏"。）

其四

记绾长条欲别难，盈盈自此隔银湾，便无风雪也摧残。　青雀几时裁锦字？玉虫连夜剪春幡，不禁辛苦况相关？

其五

谁念西风独自凉？萧萧黄叶闭疏窗，沉思往事立残阳。　被酒莫惊春睡重，赌书消得泼茶香，当时只道是寻常。

其六

肠断斑骓去未还，绣屏深锁凤箫寒，一春幽梦有无间。　逗雨疏花浓淡改，关心芳草浅深难，不成风月转摧残。

蝶恋花四首

其一

辛苦最怜天上月，一昔如环，昔昔都成玦。若似月轮终皎洁，不辞冰雪为卿热。　　无那尘缘容易绝，燕子依然，软踏帘钩说。唱罢秋坟愁未歇，春丛认取双栖蝶。

其二

眼底风光留不住，和暖和香，又上雕鞍去。欲倩烟丝遮别路，垂杨那是相思树！　　惆怅玉颜成间阻，何事东风，不作繁华主？断带依然留乞句，斑骓一系无寻处。

其三

又到绿杨曾折处，不语垂鞭，踏遍清秋路。衰草连天无意绪，雁声远向萧关去。　　不恨天涯行役苦，只恨西风，吹梦成今古。明日客程还几许？沾衣况是新寒雨。

其四

萧瑟兰成看老去，为怕多情，不作怜花句。阁泪倚花愁不语，暗香飘尽知何处！　　重到旧时明月路，袖口香寒，心比秋莲苦。休说生生花里住，惜花人去花无主。

【评】

谭献曰：势纵语咽，凄澹无聊，延巳、六一而后，仅见湘真。

蝶恋花（又到绿杨曾折处）

(《箧中词》一)

蝶恋花 出塞

今古河山无定据，画角声中，牧马频来去。满目荒凉谁可语？西风吹老丹枫树。　　从前幽怨应无数，铁马金戈，青冢黄昏路。一往情深深几许？深山夕照深秋雨。(榆园本“据”作“数”，下阕首句作“幽怨从前何处诉”。)

河　传

春浅，红怨，掩双环。微雨花间，昼闲，无言暗将红泪弹。阑珊，香销轻梦还。　　斜倚画屏思往事，皆不是，空作相思字。记当时，垂柳丝，花枝，满庭胡蝶儿。

金缕曲 赠梁汾

德也狂生耳！偶然间缁尘京国，乌衣门第。有酒惟浇赵州土，谁会成生此意？不信道遂成知己。青眼高歌俱未老，向尊前拭尽英雄泪。君不见，月如水。　共君此夜须沉醉。且由他蛾眉谣诼，古今同忌。身世悠悠何足问，冷笑置之而已！寻思起从头翻悔。一日心期千劫在，后身缘恐结他生里。然诺重，君须记！

【评】

徐釚曰：词旨嵚寄磊落，不啻坡老、稼轩，都下竞相传写。（《词苑丛谈》）

金缕曲

亡妇忌日，有感。

此恨何时已？滴空阶寒更雨歇，葬花天气。三载悠悠魂梦杳，是梦久应醒矣！料也觉人间无味。不及夜台尘土隔，冷清清一片埋愁地。钗钿约，竟抛弃！

重泉若有双鱼寄，好知他年来苦乐，与谁相倚？我自终宵成转侧，忍听湘弦重理？待结个他生知己，还怕两人俱薄命，再缘悭剩月零风里。清泪尽，纸灰起。

秋千索 渌水亭春望

药阑携手销魂侣，争不记看承人处？除向东风诉此情，奈竟日春无语！　悠扬扑尽风前絮，又百五韶光难住。满地梨花似去年，却多了，廉织雨。

菩萨蛮 四首

其一

问君何事轻离别？一年能几团圆月？杨柳乍如丝，故园春尽时。　春归归不得，两桨松花隔。旧梦逐寒潮，啼鹃恨未消。

其二

催花未歇花奴鼓，酒醒已见残红舞。不忍覆余觞，临风泪数行。　粉香看欲别，空剩当时月。月也异当时，凄清照鬓丝。

其三

晶帘一片伤心白，云鬟香雾成遥隔。无语问添衣，桐阴月已西。　西风鸣络纬，不许愁人睡。只是去年秋，如何泪欲流？

其四

乌丝画作回纹纸，香煤暗蚀藏头字。筝雁十三双，输他作一行。　相看仍似客，但道休相忆。索性不还家，落残红杏花。

清平乐

风鬟雨鬓，偏是来无准。倦倚玉阑看月晕，容易语低香近。　软风吹遍窗纱，心期便隔天涯。从此伤春伤别，黄昏只对梨花！

临江仙寒柳

飞絮飞花何处是？层冰积雪催残。疏疏一树五更寒。爱他明月好，憔悴也相关。　最是繁丝摇落后，转教人忆春山。湔裙梦断续应难。西风多少恨？吹不散眉弯。

南乡子为亡妇题照

泪咽却无声，只向从前悔薄情。凭仗丹青重省识，盈盈，一片伤心画不成！　　别语忒分明，午夜鹣鹣梦早醒。卿自早醒侬自梦，更更，泣尽风檐夜雨铃。

沁园春

丁巳重阳前三日，梦亡妇淡妆素服，执手哽咽，语多不复能记，但临别有云："衔恨愿为天上月，年年犹得向郎圆。"妇素未工诗，不知何以得此也？觉后感赋。

瞬息浮生，薄命如斯，低徊怎忘？记绣榻闲时，并吹红雨；雕阑曲处，同倚斜阳。梦好难留，诗残莫续，赢得更深哭一场。遗容在，只灵飙一转，未许端详。　　重寻碧落茫茫，料短发朝来定有霜。便人间天上，尘缘未断；春花秋叶，触绪还伤。欲结绸缪，翻惊摇落，减尽荀衣昨日香。真无奈！倚声声邻笛，谱出回肠。

以上纳兰性德词二十五首，录自《通志堂词》。

【集评】

顾贞观曰：容若天资超逸，翛然尘外，所为乐府小令，婉丽凄清，使读者哀乐不知所主，如听中宵梵呗，先凄惋而后喜悦。（《通志堂词序》） 又曰：容若词一种凄惋处，令人不能卒读，人言愁，我始欲愁。（榆园本《纳兰词评》）

陈维崧曰：饮水词哀感顽艳，得南唐二主之遗。（《词评》）

周之琦曰：或言：纳兰容若，南唐李重光后身也。予谓重光天籁也，恐非人力所能及。容若长调多不协律，小令则格高韵远，极缠绵婉约之致，能使残唐坠绪，绝而复续，第其品格，殆叔原、方回之亚乎？（《箧中词》一引）

况周颐曰：容若承平少年，乌衣公子，天分绝高。适承元、明词敝，甚欲推尊斯道，一洗雕虫篆刻之讥。独惜享年不永，力量未充，未能胜起衰之任。其所为词，纯任性灵，纤尘不染，甘受和，白受采，进于沉着浑至何难矣。（《蕙风词话》卷五）

王国维曰：纳兰容若以自然之眼观物，以自然之舌言情，此由初入中原，未染汉人风气，故能真切如此，北宋以来，一人而已！（《人间词话》上）

沈　雄

沈雄，字偶僧，江苏吴江人。著有《古今词话》《柳塘词》。

金明池 秣陵怀古

山上围棋，渡头麾扇，那怯寒潮夜雨？重借问繁华六代，又荒堞断碑如许！愿官家世世生来，莫应似衰草斜阳垂暮。叹幕府频移，銮舆潜幸，一任晚风吹去。　江左夷吾在何处？便星散云驰，此身无主。问满目虎旅鸳行，还讲得旧时门户？最伤心，烟柳台城，尽巷口乌衣，兴亡难诉。但万里长江，未销离恨，一派涛声犹怒。

【评】

叶恭绰曰：亦兴亡之感。（《广箧中词》一）

以上沈雄词一首，录自《柳塘词》。

陈　崿

陈崿，字咸京，号岞岚，晚号慧香，江苏华亭人。贡生，以荐充纂修《诗经》馆分校，议叙知县。遽乞归，杜门著述。著有《祖砚堂集》《呵壁词》。

大　酺 王府基怀古

记白驹兵，齐云火，一晌繁华何处？宫基春草绿，任莺歌花笑，更无人妒。石马苔缠，铜仙泪滴，麋鹿也曾游否？英雄消沉尽，问当年割据，霸图谁误？但赢得凄凉，五更霜角，满城风絮。　　乾坤真逆旅！看濠泗楼橹横江渡。又转眼灰飞玉座，雨冷金沟，叹神京不堪重顾。万朵愁云涌，还悄把蒋陵遮住。接直北煤山路。兴亡弹指，何况张王非故？江南庾郎一赋。

以上陈崿词一首，录自《呵壁词》。

厉　鹗

厉鹗，字太鸿，号樊榭，浙江钱塘人。康熙庚子（一七二〇）举于乡。将入都，道经天津，查莲坡（为仁）留之水西庄，同撰周密《绝妙好词笺》。乾隆初举鸿博，报罢。客扬州，有马氏藏书最富，延主其家，尽探其秘牒。大江南北，主盟坛坫，凡数十年。性耽闲静，爱山水，尤工诗余，擅南宋诸家之胜。（《国朝先正事略》卷四十一《文苑传》）生于康熙三十一年（一六九二），乾隆十七年（一七五二）卒。著有《宋诗纪事》《樊榭山房集》等。朱孝臧题其《樊榭山房词》云："南湖隐，心折小长芦。拈出空中传恨语，不知探得颔珠无？神悟亦区区！"（《彊邨语业》卷三）厉氏固浙西词派之中坚人物也。

齐天乐 吴山望隔江霁雪

瘦筇如唤登临去，江平雪晴风小。湿粉楼台，酽寒城阙，不见春红吹到。微茫越峤，但半沍云根，半销沙草。为问鸥边，而今可有晋时棹？　清愁几番自遣，故人稀笑语，相忆多少？寂寂寥寥，朝朝暮暮，吟得梅花俱恼。将花插帽，向第一峰头，倚空长啸。忽展斜阳，玉龙天际绕。

【评】

谭献曰：顿挫跌宕。（《箧中词》二）

百字令 丁酉清明

春光老去，恨年年心事，春能拘管。永日空园双燕语，折尽柳条长短。白眼看天，青袍似草，最觉当歌懒。愔愔门巷，落花早又吹满。　凝想烟月当时，饧箫旧市，惯逐嬉春伴。一自笑桃人去后，几叶碧云深浅。乱掷榆钱，细垂桐乳，尚惹游丝转。望中何处？那堪天远山远！

【评】

谭献曰：忍俊不禁。（《箧中词》二）

疏　影

湖上见柳影，因赋此阕。

轻阴冉冉，正嫩苔弄碧，庭宇深掩。千缕柔魂，摇荡如烟，无端忽度阑槛。章台路暗人归处，看足了、斜阳浓淡。又几痕水际低窥，近日楚腰全减。　依约匀梳月底，乱云铺满径，笼住文簟。欲结同心，空试荑苗，作就三分销黯。寒添白袷清明后，扫不尽随、风微敛。最镜中再写秋疏，记得踏枝鸦点。

眼儿媚

一寸横波惹春留，何止最宜秋。妆残粉薄，矜严消尽，只有温柔。　当时底事匆匆去？悔不载扁舟。分明记得，吹花小径，听雨高楼。

玉漏迟

永康病中，夜雨感怀。

薄游成小倦。惊风梦雨，意长笺短。病与秋争，叶叶碧梧声颤。湿鼓山城暗数，更穿入溪云千片。灯晕剪，似曾认我，茂陵心眼。　少年不负吟边，几熨帛光阴，试香池馆。欢境消磨，尽付砌虫微叹。客子关情药里，觅何地烟林疏散？怀正远，胥涛晓喧枫岸。

【评】

陈廷焯曰：此词似周草窗，而骚情雅意，更觉过之。（《白雨斋词话》卷四）　谭献曰：柔厚幽森。（《箧中词》二）

百字令

月夜过七里滩，光景奇绝。歌此调，几令众山皆响。

秋光今夜，向桐江，为写当年高躅。风露皆非人世有，自坐船头吹竹。万籁生山，一星在水，鹤梦疑重续。拏音遥去，西岩渔父初宿。　心忆汐社沉埋，清狂不见，使我形容独。寂寂冷萤三四点，穿过前湾茅屋。林净藏烟，峰危限月，帆影摇空绿。随风飘荡，白云还卧深谷。

【评】

陈廷焯曰：无一字不清俊。　又曰：炼字炼句，归于纯雅，此境亦未易到。（《白雨斋词话》卷四）　谭献曰：与于湖《洞庭词》，壮浪幽奇，各极其胜。（《箧中词》二）

忆旧游

辛丑九月既望，风日清霁，唤艇自西堰桥，沿秦亭、法华，湾洄以达于河渚。时秋芦作花，远近缟目。回望诸峰，苍然如出晴雪之上。庵以“秋雪”名，不虚也。乃假僧榻，偃仰终日，唯闻棹声掠波往来，使人绝去世俗营竞所在。向晚宿西溪田舍，以长短句纪之。

溯溪流云去，树约风来，山剪秋眉。一片寻秋意，是凉花载雪，人在芦碕。楚天旧愁多少，飘作鬓边丝。正浦溆苍茫，闲随野色，行到禅扉。　忘机，悄无语，坐雁底焚香，蛩外弦诗。又送萧萧响，尽平沙霜信，吹上僧衣。凭高一声弹指，天地入斜晖。已隔断尘喧，门前弄月渔艇归。

【评】

谭献曰：白石却步。(《箧中词》二)

齐天乐 秋声馆赋秋声

簟凄灯暗眠还起，清商几处催发？碎竹虚廊，枯莲浅渚，不辨声来何叶？桐飙又接。尽吹入潘郎，一簪愁发。已是难听，中宵无用怨离别。　阴虫还更切切。玉窗挑锦倦，惊响檐铁。漏断高城，钟疏野寺，遥送凉潮呜咽。微吟渐怯。讶篱豆花开，雨筛时节。独自开门，满庭都是月。

【评】

谭献曰：词禅。(《箧中词》二)

八归 隐几山楼赋夕阳

初翻雁背，旋催鸦翼，高树半挂微晕。销凝最是登楼意，常对乱波红蘸，远山青衬。不管长亭歌欲断，渐照去鞭痕将隐。想故苑燕麦离离，满地弄金粉。　何况春游乍歇，花愁多少，只恼黄昏偏近。冷和帆落，惨连笳起，更带孤烟斜引。误雕阑倚遍，霁色明朝也应准。无言处，望中容易，下却西墙，相思人老尽。

【评】

谭献曰：无垂不缩。（《箧中词》二）

摸鱼儿 芜城清明

杏饧香闹花门巷，家家风外晴稳。来时犹道江程短，定不短如愁鬓。飞絮近，作酒恶寒轻，只是无人问。红丝砚润。便杜老伤春，江郎赋别，难写此时恨。　西湖路，最爱山联眉晕。游船曾记归尽。绿杨阑角听莺坐，知我平生疏俊。情一寸，回首处，云容水态还相引。天涯自哂。绕九里街中，三分月底，谁与寄芳信？

扫花游

乙巳三月二十三日，客扬州，空斋积雨，孤愁特甚，问人，始知是春尽日也。黯然于怀，赋寄尺凫。

折花泛舸，又夜浅灯孤，绿阴如许！旧游间阻。听檐声压酒，醉醒无据。落魄多愁，尚记罗裙雁柱。向南浦，讶杨柳今朝，腰瘦慵舞。　行遍深院宇，已负了春来，忍教春去？笑人易误，似山中枕石，顿忘时序。小楂樱桃，更忆西园胜聚。寄情处，画当年、满湖烟雨。

谒金门

七月既望，湖上雨后作。

凭画槛，雨洗秋浓人淡。隔水残霞明冉冉，小山三四点。　艇子几时同泛？待折荷花临鉴。日日绿盘疏粉艳，西风无处减。

【评】

陈廷焯曰：中有怨情，意味便厚，否则无病呻吟，亦可不必。（《白雨斋词话》卷四）

以上厉鹗词十二首，录自《樊榭山房词》。

【集评】

徐紫珊曰：樊榭词生香异色，无半点烟火气，如入空山，如闻流泉，真沐浴于白石、梅溪而出之者。

陈玉几曰：樊榭词清真雅正，超然神解；如金石之有声，而玉之声清越；如草木之有花，而兰之味芬芳。

赵意田曰：《琴雅》（樊榭词一题《秋林琴雅》）一编，节奏精微，辄多弦外之响，是谓以无累之神，合有道之器者。

以上并见《艺蘅馆词选》。

谭献曰：填词至太鸿，真可分中仙、梦窗之席。世人争赏其饾饤窳弱之作，所谓"微之识碔砆"也。《乐府补题》，别有怀抱。后来巧构形似之言，渐忘古意，竹垞、樊榭，不得辞其过。浙派为人诟病，由其以姜、张为止境，而又不能如白石之涩，玉田之润。录乾隆以来词慎取之。（《箧中词》二）

陈廷焯曰：厉樊榭词，幽香冷艳，如万花谷中，杂以芳兰，在国朝词人中，可谓超然独绝者矣！论者谓其沐浴于白石、梅溪（徐紫珊语），此亦皮相之见。大抵其年、锡鬯、太鸿三人，负其才力，皆欲于宋贤外别开天地，而不知宋贤范围必不可越，陈、朱固非正声，樊榭亦属别调。樊榭词拔帜于陈、朱之外，窈曲幽深，自是高境。然其幽深处在貌而不在骨，绝非从楚骚来，故色泽甚饶，而沉厚之味终不足也。樊榭措词最雅，学者循是以求深厚，则去姜、史不远矣。(《白雨斋词话》卷四)

蒋士铨

蒋士铨，字心余，一字苕生，号清容，江西铅山人。乾隆丁卯（一七四七）举人，丁丑（一七五七）进士，授编修，在官八年，归主蕺山、崇文、安定三书院。风神散朗，激扬风义，甄拔寒畯，有古烈士风。工诗词，尤长剧曲。（《国朝先正事略》卷四十一《文苑》）以乾隆四十九年（一七八四）卒，距生雍正三年（一七二五），年六十一。著有《忠雅堂集》《铜弦词》《藏园九种曲》等。词格与陈维崧为近，亦一时风气使然也。

百字令 蔡文姬擘阮图

画中人面，坐胡床摘阮，双维侍侧。貂帽蛮靴垂辫发，绝代春风颜色。旃帐魂孤，兜离语异，猎骑如云黑。阏氏年少，此时应也头白。　当日一样还朝，羌儿泪洒，不若苏通国。留取余生埋卫冢，蓬首翻求国贼。虎士如林，龙骧满厩，都尉何恩德？那堪再误？胡笳不用多拍。

水调歌头 舟次感成

偶为共命鸟，都是可怜虫。泪与秋河相似，点点注天东。十载楼中新妇，九载天涯夫婿，首已似飞蓬。年光愁病里，心绪别离中。　咏春蚕，疑夏雁，泣秋蛩。几见珠围翠绕，含笑坐东风？闻道十分消瘦。为我两番磨折，辛苦念梁鸿。谁知千里夜，各对一灯红！

【评】

谭献曰：生气远出，善学坡仙。（《箧中词》二）

以上蒋士铨词二首，录自《铜弦词》。

吴翌凤

吴翌凤，字伊仲，号枚庵，江苏吴县人。乾隆七年（一七四二）生。嘉庆诸生，客游楚南，垂老始归。筑室曰“归云舫”，奉母著书其中，手钞书数千百卷，多藏书家所未见。嘉庆二十四年（一八一九）卒。所撰《吴梅村诗集笺注》，能正旧注之失，盛行于世。别有《与稽楼丛稿》《曼香词》等书。

玉楼春

空园数日无芳信，恻恻残寒犹未定。柳边丝雨燕归迟，花外小楼帘影静。　凭栏渐觉春光暝，怅望碧天帆去尽。满堤芳草不成归，斜日画桥烟水冷。

【评】

谭献曰：俊绝。（《箧中词》三）

桂枝香

壬辰秋，蒙泉有湘中之游，蠡槎歌此调送之，邀予同作。

蘋风吹晚，送两桨寒潮，去程同远。多少江南旧恨，客怀难遣。楚天归梦沉沉阔，琐窗寒静随宵掩。微霜影里，香销烛烬，乍闻新雁。　念自昔红亭翠馆，怅十载盟鸥，便教飞散。数遍乱山荒驿，甚时重见？乡关此后多风雪，怕黄昏画角吹怨。相思空记，寒梅一树，和香同剪。

【评】

谭献曰：善用逆笔。（《箧中词》三）

以上吴翌凤词二首，录自《曼香词》。

左　辅

左辅，字仲甫，一字蘅友，号杏庄，江苏阳湖人。乾隆十六年（一七五一）生。以进士分发安徽，任知县，治行素著，能得民心。嘉庆间，官至湖南巡抚。道光十三年（一八三三）卒。著有念宛斋诗、词、古文、书牍等五种。

浪淘沙

曹溪驿折桃花一枝，数日零落，裹花片投之涪江，歌此送之。

水软橹声柔，草绿芳洲，碧桃几树隐红楼。者是春山魂一片，招入孤舟。　乡梦不曾休，惹甚闲愁？忠州过了又涪州。掷与巴江流到海，切莫回头！

【评】

谭献曰：所感甚大。（《箧中词》三）

南　浦 夜寻琵琶亭

浔阳江上，恰三更霜月共潮生。断岸高低向我，渔火一星星。何处离声刮起？拨琵琶千载剩空亭。是江湖倦客。飘零商妇，于此荡精灵。　且自移船相近，绕回阑百折觅愁魂。我是无家张俭，万里走江城。一例苍茫吊古，向荻花枫叶又伤心。只琵琶响断，鱼龙寂寞不曾醒。

【评】

谭献曰：濡染大笔，此道遂尊。（《箧中词》三）

以上左辅词二首，录自《箧中词》。

张惠言

张惠言，字皋文，江苏武进人。嘉庆四年(一七九九)进士，官编修，七年(一八〇二)卒。距生乾隆二十六年(一七六一)，年四十二。少为词赋，尝拟司马相如、扬雄之文。深于《易》学。又尝辑《词选》，为常州词派之开山。(《国朝先正事略》卷三十六《经学传》)著有《茗柯文集》及《茗柯词》。其《词选序》略云："词者，盖出于唐之诗人，采乐府之音，以制新律，因系其词，故曰词。其缘情造端，兴于微言，以相感动，极命风谣里巷男女哀乐，以道贤人君子幽约怨悱不能自言之情，低徊要眇，以喻其致，盖诗之比兴，变风之义，骚人之歌，则近之矣。"自张选出而词体遂尊。朱孝臧题其《茗柯词》云："回澜力，标举选家能。自是词源疏凿手，横流一别见淄渑。异议四农生。"(《彊邨语业》卷三)四农为潘德舆字，尝谓："张氏词选，抗志希古，标高揭己，宏音雅调，多被排摈，五代、北宋，有自昔传诵，非徒只字之警者，张氏亦多恝然置之。"(《与叶生书》)要之清词至常州派出而体格一变，实受此选之影响，余波至晚近，犹未尽绝，真所谓"词源疏凿手"也。惠言甥董士锡，字晋卿，能传其学。至周济《宋四家词选》出，加以扩充，而词派以成，此清词之一大关键也。(参考拙作《论常州词派》)

木兰花慢 杨花

尽飘零尽了，何人解当花看？正风避重帘，雨回深幕，云护轻幡。寻他一春伴侣，只断红相识夕阳间。未忍无声委地，将低重又飞还。　疏狂情性，算凄凉耐得到春阑。便月地和梅，花天伴雪，合称清寒。收将十分春恨，做一天愁影绕云山。看取青青池畔，泪痕点点凝斑。

【评】

谭献曰：撮两宋之菁英。（《箧中词》三）

水调歌头五首

春日赋示杨生子掞。

其一

东风无一事，妆出万重花。闲来阅遍花影，惟有月钩斜。我有江南铁笛，要倚一枝香雪，吹彻玉城霞。清影渺难即，飞絮满天涯。　飘然去，吾与汝，泛云槎。东皇一笑相语：芳意在谁家？难道春花开落，更是春风来去，便了却韶华。（榆案：依律应上二下三，此句作上一下四，殊为不合。）花外春来路，芳草不曾遮。

其二

百年复几许？慷慨一何多！子当为我击筑，我为子高歌。招手海边鸥鸟，看我胸中云梦，蒂芥近如何？楚越等闲耳，肝胆有风波。　生平事，天付与，且婆娑。几人尘外相视，一笑醉颜酡。看到浮云过了，又恐堂堂岁月，一掷去如梭。劝子且秉烛，为驻好春过。

其三

疏帘卷春晓，胡蝶忽飞来。游丝飞絮无绪，乱点碧云钗。肠断江南春思，黏着天涯残梦，剩有首重回。银蒜且深押，疏影任徘徊。　罗帏卷，明月入，似人开。一尊属月起舞，流影入谁怀？迎得一钩月到，送得三更月去，莺燕不相猜。但莫凭栏久，重露湿苍苔。

其四

今日非昨日，明日复何如？竭来真悔何事，不读十年书。为问东风吹老，几度枫江兰径，千里转平芜。寂寞斜阳外，渺渺正愁予！　千古意，君知否？只斯须。名山料理身后，也算古人愚。一夜庭前绿遍，三月雨中红透，天地入吾庐。容易众芳歇，莫听子规呼。

其五

长镵白木柄，斸破一庭寒。三枝两枝生绿，位置小窗前。要使花颜四面，和著草心千朵，向我十分妍。何必兰与菊，生意总欣然。　晓来风，夜来雨，晚来烟。是他酿就春色，又断送流年。（榆案：此句句律误同前。）便欲诛茅江上，只恐空林衰草，憔悴不堪怜。歌罢且更酌，与子绕花间。

【评】

谭献曰：胸襟学问，酝酿喷薄而出，赋手文心，开倚声家未有之境。（《箧中词》三）　陈廷焯曰：皋文《水调歌头》五章，既沉郁，又疏快，最是高境。陈、朱虽工词，究曾到此地步否？不得以其非专门名家少之。热肠郁思，若断仍连，全自风、骚变出。（《白雨斋词话》四）

相见欢

年年负却花期！过春时，只合安排愁绪送春归。梅花雪，梨花月，总相思。自是春来不觉去偏知。

【评】

谭献曰：信手拈来。（《箧中词》三）

木兰花慢 游丝同舍弟翰风作

是春魂一缕，销不尽，又轻飞。看曲曲回肠，愁侬未了，又待怜伊。东风几回暗剪，尽缠绵未忍断相思。除有沉烟细袅，闲来情绪还知。　家山何处？为春工容易到天涯。但牵得春来，何曾系住？依旧春归。残红更无消息，便从今休要上花枝。待祝梁间燕子，衔他深度帘丝。

【评】

谭献曰：屈曲洞达。（《箧中词》三）

玉楼春

一春长放秋千静，风雨和愁都未醒。裙边余翠掩重帘，钗上落红伤晚镜。　朝云卷尽雕阑暝，明月还来照孤凭。东风飞过悄无踪，却被杨花微送影。

【评】

谭献曰：善学子野。（《箧中词》三）

风流子 出关见桃花

海风吹瘦骨，单衣冷四月出榆关。看地尽塞垣，惊沙北走；山侵溟渤，叠障东还。人何在？柳柔摇不定，草短绿应难。一树桃花，向人独笑；颓垣短短，曲水弯弯。　东风知多少？帝城三月暮，芳思都删。不为寻春较远，辜负春阑。念玉容寂寞，更无人处，经他风雨，能几多番？欲附西来驿使，寄与春看。

以上张惠言词十首，录自《茗柯词》。

张　琦

张琦，字翰风，江苏阳湖人。初名翊，号宛邻。嘉庆十八年（一八一三）举人，历署邹平、章丘、馆陶知县，所至有政绩。工诗、词、古文及分隶，尤精舆地之学，兼善医。词与兄惠言齐名，以乾隆二十九年（一七六四）生，道光十三年（一八三三）卒。著有《战国策释地》《素问释义》《宛邻文集》《立山词》等书。

摸鱼儿

渐黄昏楚魂愁断，啼鹃早又相唤。芳心欲寄天涯路，无奈水遥山远！春过半，看丝影花痕，罥尽青苔院。好春一片，只付与轻狂，蜂儿蝶子，吹送午尘暗。　关山客，漫说归期易算，知他多少凄怨？不曾真个东风妒，已是燕残莺懒。春晼晚，怕花雨朝来，一霎方塘满。嫣红谁伴？尽倚遍回阑，暮云过尽，空有泪如霰。

【评】

谭献曰：风刺隐然。（《箧中词》三）

南　浦

惊回残梦，又起来清夜正三更。花影一枝枝瘦，明月满中庭。道是江南绮陌，却依然小阁倚银屏。怅海棠已老，心期难问，何处望高城？　忍记当时欢聚，到花时长此托春酲。别恨而今谁诉？梁燕不曾醒。帘外依依香絮，算东风吹到几时停？向鸳衾无奈，啼鹃又作断肠声。

【评】

谭献曰：所谓深美闳约。（《箧中词》三）

以上张琦词二首，录自《立山词》。

【集评】

谭献曰：翰丰与哲兄同撰《宛邻词选》，虽町畦未尽，而奥窔始开。其所自为，大雅遒逸，振北宋名家之绪。其子仲远序《同声集》有云："嘉庆以来名家，均从此出。"信非虚语。周止斋益穷正变，潘四农又持异论，要之倚声之学，由二张而始尊耳。（《箧中词》三）

严元照

严元照，字修能，一字九能，浙江归安人。乾隆三十八年(一七七三)生。十岁能作四体书，有奇童之目。致力经传，绝意仕进，于声音训诂之学，多所阐发。嘉庆二十二年(一八一七)卒。著有《尔雅匡名》《娱亲雅言》等书，及《柯家山馆词》。朱孝臧题云："娱亲暇，余事作词人。廿载柯家山下客，空斋画扇亦前因，成就苦吟身。"(《彊邨语业》卷三)亦见其品格之高矣。

念奴娇

红楼珠箔，护轻寒四面，垂垂不卷。鸳甃几番连夜雨，添了晓妆春倦。柳待摇波，梅还悭雪，未觉东风软。横塘路回，踏青情绪先懒。　望极迢递春江，归帆何处？芳草和天远。欲寄天涯无好梦，梦与行云都断。鸾镜尘昏，兽炉香冷，蕉萃无人管。西园华事，一年判付莺燕。

【评】

谭献曰：过变以下，沉郁顿挫。(《箧中词续》二)

定风波 拟六一词

一寸光阴一寸金，养华天气半晴阴。莫管新来人渐老，还要，玉觞华下十分深。　往事分明还记得，倾国，清歌一曲堕瑶簪。几日恹恹成酒病，休问，去年华放到而今。

【评】

顾翰曰：深情以浅语出之，使人低回不尽。（《箧中词续》二引）

以上严元照词二首，录自《柯家山馆词》。

邓廷桢

邓廷桢，字嶰筠，江苏江宁人。嘉庆进士，道光间官两广总督。时值禁烟，与英人六接战，英船皆伤退，终其任不得入虎门。后调闽浙。坐事戍伊犁。旋召回，官至陕西巡抚，精吏治，有神明称。道光二十六年(一八四六)卒。距生乾隆四十(一七七五)年，年七十二。著有《诗双声叠韵谱》《说文解字双声叠韵谱》等书。宋翔凤序其《双研斋词》云："先生持节数省，洁清自守，居处饮食，一如寒素，胸次坦白，耆欲尤鲜。惟于音律，殆由夙授，分刌节度，有顾曲风，而于古人之词，靡不博综。其自制词则雍容和谐，写其一往。纤掣之音，逖滥之响，与尘坌而共洗，偕风露而俱清，虽所存无多，而所托甚远。"颇能道出嶰筠词之深致。

买陂塘 赎裘

悔残春炉边买醉，豪情脱与将去。云烟过眼寻常事，怎奈天寒岁暮！寒且住！待积取叉头，还尔绨袍故。喜余又怒。怅子母频权，皮毛细相，斗擞已微蛀。　铜斗熨，皱似春波无数，酒痕襟上犹涴。归来未负三年约，死死生生漫诉。凝睇处，叹毳幕毡庐，久把文姬误。花风几度？怕白袷新翻，青蚨欲化，重赋赠行句。

【评】

谭献曰：姿态横生。（《箧中词续》）

高阳台 玉泉山燕集

径转疏花，畦连寒菜，篮舆一路秋光。琴筑声清，泠泉缓泻鸳浆。凭高莫向阑干倚，倚阑干容易斜阳。写闲情，细把金英，浅醉瑶觞。　欃枪未扫铙歌唱，叹军符憔悴，战垒苍凉。饮至筵开，愁听满耳伊凉。却怜老圃霜华重，怕孤他晚节幽香。乍归来，灯火城南，澹月昏黄。

【评】

谭献曰：竟有新亭之泪。（《箧中词续》）

好事近

云母小窗虚，窗滤金波疑湿。摇曳柳烟如梦，荡一丝寒碧。　天涯犹有未归人，遥夜耿相忆。料得平沙孤艇，听征鸿嘹呖。

【评】

谭献曰：韵胜。（《箧中词续》）

水龙吟 雪中登大观亭

关河冻合梨云，冲寒犹试连钱骑。思量旧梦，黄梅听雨，危阑倦倚。披氅重来，不分明处，可怜烟水。算夔巫万里，金焦两点，谁说与，苍茫意？

却忆蛟台往事，耀弓刀舳舻天际。而今剩了，低迷鱼艇，模黏雁字。我辈登临，残山送暝，远江延醉。折梅花去也，城西炬火，照琼瑶碎。

换巢鸾凤

少穆（林则徐）留镇两粤，而余承乏三江，临行赋此。

梅岭烟宵，正南枝意懒，北蕊香饶。甚因催燕睇？底事趁鸿遥？头番消息恰春朝。蓼汀杏梁，青云换巢。离亭柳，漫绾线系人兰棹。 思悄，波渺渺。箫鼓月明，何处长安道？洗手谙姑，画眉询婿，三日情怀应恼。新妇无端置车帷，故山还许寻芳草。珠瀛清，者襟期两地都晓。

酷相思 寄怀少穆

百五佳期过也未？但笳吹，催千骑。看珠𤢂盈盈分两地。君住也，缘何意？侬去也，缘何意？　召缓徵和医并至。眼下病，肩头事，怕愁重如春担不起。侬去也，心应碎！君住也，心应碎！

【评】

谭献曰：三事大夫，忧生念乱，"敦我"之叹，其气已馁。（《箧中词续》）

以上邓廷桢词六首，录自江宁邓氏精刊本《双砚斋词》。

【集评】

谭献曰：邓嶰筠督部《双研斋词》，宋于廷序之。忠诚悱恻，咄唶乎骚人，徘徊乎变雅，将军白发之章，门掩黄昏之句，后有论世知人者，当以为欧、范之亚也。（《复堂日记》）

董士锡

董士锡，字晋卿，一字损甫，江苏武进人。嘉庆副贡生，候选直隶州州判。从其舅张惠言学，工古文、诗、赋，兼善填词，精虞氏《易》。河督黎世序聘修《续行水金鉴》。著有《齐物论斋集》。

木兰花慢 武林归舟中作

看斜阳一缕，刚送得，片帆归。正岸绕孤城，波回野渡，月暗闲堤。依稀是谁相忆？但轻魂如梦逐烟飞。赢得双双泪眼，从教流尽罗衣。　江南几日又天涯，谁与寄相思？怅夜夜霜花，空林开遍，也只侬知。安排十分秋色，便芳菲总是别离时。惟有醉将醽醁，任他柔橹轻移。

疏　影

庭中桂华盛开，因忆往岁偕亡友江安甫吴山之游，感而赋此。

香林映月，有黄英数树，金粟重叠。见说亭皋，斜倚晴空，依稀此地离别。西风一夜窗前度，乍变了、霜痕叶叶。是耶非？吹到空山，已误再来时节。

堪笑年年憔悴，鬓丝换几缕？长共愁绝。自是花工，解释秋情，染就千枝绛雪。明朝试与簪花去，怕满镜、星星华发。莫等闲消受黄昏，断送玉颜香骨。

风入松 感逝

碧林风树夜争鸣，离绪最先惊。分明付与人肠断，为秋声怕听春声。却是清商送我，谁人解道愁生？　莫须收汝泪纵横，余恨更难平。断魂化作蛛丝去，向檐前黏住红英。怎祝东风一夜，和他尘梦吹醒？

菩萨蛮 湖上送别

西风日日吹空树，一林霜叶浑无主。山色接湖光，离情自此长。　离情随绿草，绿遍江南道。他日望君来，相思又绿苔。

江城子 里中作

寒风相送出层城。晓霜凝，画轮轻。墙内乌啼，

菩萨蛮（西风日日吹空树）

墙外少人行。折尽垂杨千万缕，留不住，此时情。红桥独上数春星。月华生，水天平。镜里夫容，应向脸边明。金雁一双飞过也！空目断，远山青。

【评】

谭献曰：格高。（《箧中词》三）

虞美人

韶华争肯偎人住？已是滔滔去。西风无赖过江来，历尽千山万水几时回？　　秋声带叶萧萧落，莫响城头角。浮云遮月不分明，谁挽长江一洗放天青？

忆旧游

寄题“落花人独立，微雨燕双飞”卷子。

怅韶华逝水，万点胭脂，零乱成堆。花面非人面，早芹泥送冷，独下空阶。燕儿似惜花落，双影尚徘徊。又暗雨如丝，和愁织遍，凄绝池台！　　萧斋怨离阻，盼旧侣归时，与诉春怀。泪眼无晴日，有当年笑口，知为谁开？买欢剩买肠断，从此怕衔杯。算好梦偏遥，东风惯带幽恨来。

【评】

谭献曰：郁勃无端。（《箧中词续》二）

兰陵王 江行

水声咽，中夜兰桡暗发。残春在，催暖送晴，九十韶光去偏急。垂杨手漫折，难结，轻帆一叶。离亭远，归路渐迷，千里沧波楚天阔。　余寒乍消歇。剩雾锁花魂，风砭诗骨。茫茫江草连云湿。怅绿树莺老，碧阑蜂瘦，空留樯燕似诉别，向人共愁绝！重叠，浪堆雪。坐缥缈浮槎，烟外飞越。衔山一寸眉弯月，照枉渚疑镜，乱峰如发。扁舟独自，记旧梦，忍细说？

以上董士锡词八首，录自江阴缪氏本《齐物论斋词》。

【集评】

沈曾植曰：《齐物论斋词》为皋文正嫡。皋文疏节阔调，犹有曲子律缚不住者。在晋卿则应徽按柱，敛气循声，兴象风神，悉举骚雅古怀，纳诸令慢。标碧山为词家四宗之一，此宗超诣，晋卿为无上之乘矣。玉田所谓“清空骚雅”者，亦至晋卿而后尽其能事。其与白石不同者，白石有名句可标，晋卿无名句可标，其孤峭在此，不便摹拟亦在此。仲修备识渊源，对之一辞莫赞，毗陵词人亦更无能嗣响者，可谓门庭峻绝！（《菌阁琐谈》）

周济

周济，字保绪，江苏荆溪人。一字介存，晚号止庵。嘉庆十年（一八〇五）进士，官淮安府学教授。少与同郡李兆洛、泾县包世臣以经世学相切劘，兼通兵家言，习击刺骑射。淮北枭徒为乱，制府畀以侦缉之任，屡败擒之。以所得赀购妖姬，养豪客，意气盛极一时。后悉弃去，隐居金陵春水园，潜心著述。所著《晋略》八十卷，论者谓借史事自抒猷画，非徒考据而已。生于乾隆四十六（一七八一）年，以道光十九年（一八三九）卒。　济承张惠言之余绪，又曾从董士锡共商词学，所辑《宋四家词选》及《词辨》，附《介存斋论词杂著》，独具手眼，为世所宗。其《味隽斋词》自序云："吾郡自皋文、子居两先生开辟榛莽，以《国风》《离骚》之旨趣，铸温、韦、周、辛之面目，一时作者竞出，晋卿集其成。余与晋卿议论，或合或否，要其指归，各有正鹄，倘亦知人论世者所取资也？"于此足见其造诣之一斑。朱孝臧题云："金针度，词辨止庵精。截断众流穷正变，一灯乐苑此长明，推演四家评。"（《彊邨语业》卷三）其推许周氏论词之作，可谓至矣。《味隽斋词》刊于道光癸未（一八二三），而谭氏《箧中词》所选十首不在其中，当别有止庵词刊本耶？往年得《存审轩词》钞本，一时无从觅校。

渡江云 杨花

春风真解事，等闲吹遍，无数短长亭。一星星是恨，直送春归，替了落花声。凭阑极目，荡春波万种春情。应笑人春粮几许？便要数征程。　冥冥，车轮落日，散绮余霞，渐都迷幻景。问收向红窗画箧，可算飘零？相逢只有浮云好，奈蓬莱东指，弱水盈盈。休更惜，秋风吹老莼羹。

【评】

谭献曰：怨断之中，豪宕不减。（《箧中词》三）

满庭芳 梨花

珍重经年，玲珑数朵，楼前越样丰姿。东君著意，开比海棠迟。烂漫群芳似锦，深宵露洗尽燕支。无人见，亭亭顾影，明月过墙时。　浑疑，逢洛浦，凌波佩解，天慰相思。正团圆果就，怎说将离？一剪红襟斜度，窥鸳枕云想轻移。年年约，湔裙俊侣，沉醉碧颇黎。

【评】

谭献曰：遒峭。（《箧中词》三）

蝶恋花

柳絮年年三月暮。断送莺花，十里湖边路。万转千回无落处，随侬只恁低低去。　满眼颓垣攲病树。纵有余英，不直封姨妒。烟里黄沙遮不住，河流日夜东南注。

【评】

谭献曰：浑灏。（《箧中词》三）

蝶恋花

络纬啼秋啼不已。一种秋声，万种秋心里。残月似嫌人未起，斜光直透罗帏底。　唤起闲庭看露洗。薄翠疏红，毕竟能余几？记得春花真似绮，谁将片片随流水？

以上周济词四首，录自谭氏《箧中词》三。

【集评】

蒋敦复曰：借得先生《存审轩词》一卷，读之，是真得"意内言外"之旨。盖先生少年时，与张皋文、翰风兄弟同里相切劘，又与董晋卿各致力于词，启古人不传之秘。近来浙、吴二派俱宗南宋，独常州诸公能瓣香周、秦，以上窥唐人微旨，先生其眉目也。（《芬陀利室词话》卷一）

谭献曰：《茗柯词选》出倚声之学，日趋正鹄。张氏甥董晋卿，造微踵美，予未得其全集。止庵切磋于晋卿，而持论益精。其言曰："慎重而后出之，驰骋而变化之，胸衿酝酿，乃有所寄。"又曰："词非寄托不入，专寄托不出。一物一事，引伸触类，意感偶生，假类必达，斯入矣。万感横集，五中无主，赤子随母笑啼，野人缘剧喜怒，能出矣。"以予所见周氏撰定《词辨》《宋四家词筏》(案即《宋四家词选》)，推明张氏之旨而广大之，此道遂与于著作之林，与诗赋文笔同其正变也。止庵自为词，精密纯正，与茗柯把臂入林。(《箧中词》三)　又曰：《四家词选》为后来定本，陈义甚高，胜于《宛邻词选》，即潘四农亦无可诋諆矣。"以有寄托入，以无寄托出"，千古文章之能事尽矣，岂独填词为然。(《复堂日记》)

周之琦

周之琦，字稚圭，号退庵，河南祥符人。嘉庆十三年（一八〇八）进士，由翰林院编修，累官广西巡抚，以病乞休。生于乾隆四十七年（一七八二），同治元年（一八六二）卒。辑有《心日斋十六家词选》。谭献称其"截断众流，金针度与，虽未及皋文、保绪之陈义甚高，要亦倚声家疏凿手"（《箧中词》三）。其自为词有《心日斋词》四种。朱孝臧题云："舟如叶，著岸是君恩。一梦金梁余旧月，千年玉笥有归云，片席蜕岩分。"（《彊邨语业》卷三）其词格故与元张翥为近也。第一种为《金梁梦月词》，有写刻本，绝精。

好事近 四首

舆中杂书所见，得四阕。

其一

杭苇岸才登，行入乱峰层碧。十里平沙浅渚，又渡头人立。　荀将摇梦上轻舟，舟尾浪花湿。恰好乌篷小小，载一肩秋色。（自获鹿至井陉，日三四问渡。）

其二

诗句夕阳山，扇底故人曾说。好是固关西去，看万山红叶。　翠蛟潭上认题名，屐齿为君折。蓦地藓花浓处，出一双胡蝶。（陈受笙画扇赠行，题诗有"好山都在固关西"之句。）

其三

峻坂怯肩舆，引绠两行犹弱。几日牵船岸上，只蒲帆难著。　　一声壁月大堤头，旧梦定谁托？何似春风天半，挽秋千红索？（入太行道中，舆前以索挽之。）

其四

引手摘星辰，云气扑衣如湿。前望翠屏无路，忽天门中辟。　　等闲鸡犬下方听，人住半山侧。行蹋千家檐宇，看炊烟斜出。（南天门尤陡峻，人多凿窑而居。）

踏莎行

劝客清尊，催诗画鼓，酒痕不管衣襟污。玉笙谁与唱消魂？醉中只想瞢腾去。　　绮席频邀，高轩惯驻，闲来却觅栖鸦语。城头一角晋阳山，怪他青到无人处。

思佳客

帕上新题闲旧题，苦无佳句比红儿。生怜桃萼初开日，那信杨花有定时？　　人悄悄，昼迟迟，殷勤好梦托蛛丝。绣帏金鸭薰香坐，说与春寒总未知。

【评】

谭献曰：唐人佳境，寄托遥深，珠玉、六一之遗音也。（《箧中词》三）

三姝媚

海淀集贤院，有水石花柳之胜，余岁或数十信宿。戊寅春暮，独游池畔，寓物赋情，弁阳翁所谓“薄酒孤吟”者也。

交枝红在眼。荡帘波香深，镜澜痕浅。费尽春工，占胜游惟许，等闲莺燕。朱扉廊回，盈退粉蛛丝偷罥。小影岭瑚，冷到梨云，便成秋苑。　容易题襟催散。又酒逐花迷，梦将天远。系马垂杨，但翠眉还识，旧时人面。暗数韶华，空笑我樱桃三见。剩有盈盈胡蝶，西窗弄晚。

【评】

谭献曰：工力甚深。（《箧中词》三）

瑞鹤仙

四月六日出都，小憩芦沟桥，偶述。

柳丝征袂绾。试锦羽初程，玉骢犹恋。铜街佩声远。向天边回首，故人如面。藤阴翠晚，但怪得琴尊梦短。有游蜂知我心期，刚是褪红曾见。　还看，珠巢题字，墨晕初干，酒痕微泫。晴云乍展，春已在，驿桥畔。问柔波一样，仙源流下，为底人间较浅？要重寻京邑尘香，素襟漫浣。

【评】

谭献曰：仲宣灞岸之篇。（《箧中词》三）

青衫湿遍

道光己丑夏五，余有骑省之戚，偶效纳兰容若词为此。虽非宋贤遗谱，音节有可述者。

瑶簪堕也！谁知此恨，只在今生？怕说香心易折，又争堪烬落残灯。忆兼旬病枕惯瞢腾。看宵来一样恹恹睡，尚猜他梦去还醒。泪急翻嫌错莫，魂消直恐分明。　回首并禽栖处，书帷镜槛，怜我怜卿。暂别常忧道远，况凄然泉路深扃。有银笺愁写瘗花铭。漫商量身在情长在，纵无身那便忘情？最苦梅霖夜怨，虚窗递入秋声。

夜半乐

夜趋剑关，中途大雷雨，侵晨始抵宿处。

暮天畏景将下，轻阴城郭，催唤雕鞍去。到万笏尖峰，晚凉佳处。坏云渐展，狂飙骤发，片时丹嶂冥迷，绛河倾注。更迎面砰轰震雷鼓。　暗中磴道曲折，蚁磨惊旋，马蹄愁误。怕小小篮舆，山灵留住。乱流趋壑，崩厓转石，一肩稳载吟魂，等闲偷度。晓钟外羊肠忍回顾？　卧想今夕，犯险虚劳，快心终阻。行不得空惭鹧鸪语，耐炎曦休恨汗湿齐纨缕。还偻指几日消烦暑，邵平瓜买青门路。

以上周之琦词十首，录自《心日斋词》。

【集评】

黄燮清曰：《梦月词》浑融深厚，语语藏锋，北宋瓣香，于斯未坠。（《词综续编》）

龚自珍

龚自珍，字璱人，号定庵，浙江仁和人。更名巩祚。道光九年（一八二九）进士，授内阁中书，升宗人府主事，寻改礼部，告归不复出。博学，负才气，于经通《公羊春秋》，于史长西北舆地，晚尤好佛乘。其文导源周、秦诸子，沉博奥衍，自成一家。生于乾隆五十七年（一七九二），以道光二十一年（一八四一）卒。生平著作甚富，已刊者有《定盦诗文集》及《定盦词》等。

浪淘沙 写梦

好梦最难留，吹过仙洲，寻思依样到心头。去也无踪寻也惯，一桁红楼。　中有话绸缪，灯火帘钩，是仙是幻是温柔。独自凄凉还自遣，自制离愁。

如梦令

紫黯红愁无绪，日暮春归甚处？春更不回头，撇下一天浓絮。春住！春住！黦了人家庭宇。

鹊踏枝 过人家废园作

漠漠春芜春不住。藤刺牵衣，碍却行人路。偏是无情偏解舞，蒙蒙扑面皆飞絮。　绣院深沉谁是主？一朵孤花，墙角明如许！莫怨无人来折取，花开不合阳春暮。

减　兰

偶检丛纸中，得花瓣一包，纸背细书辛幼安："更能消几番风雨"一阕，乃是京师悯忠寺海棠花，戊辰暮春所戏为也，泫然得句。

人天无据，被侬留得香魂住。如梦如烟，枝上花开又十年！　十年千里，风痕雨点斓斑里。莫怪怜他，身世依然是落花。

摸鱼儿

二月八日，重见于红茶花下，拟之明月入手，彩云满怀。

笑银釭一花宵绽，当筵即事如许！我侬生小幽并住，悔不十年吴语。凭听取，算未要量珠，双角山头路。生来蓬户，只阿母憨怜，年华娇长，寒暖仗郎护。　筝和笛，十载教他原误，人生百事辛苦。五侯门第非侬宅，剩可五湖同去。卿信否？便千万商量，千万依分付。花间好住！倘燕燕归来，红帘双卷，认我写诗处。

浪淘沙 书愿

云外起朱楼，缥缈清幽，笛声叫破五湖秋。整我图书三万轴，同上兰舟。　　镜槛与香篝，雅憺温柔。替侬好好上帘钩。湖水湖风凉不管，看汝梳头。

卜算子

江上有高楼，可似湖楼迥？楼外文波曲曲通，不驻惊鸿影。　　蘋叶弄斜晖，兰蕊雕明镜。剪尽秋花漠漠寒，人卧江南病。

南　浦

端阳前一日，伯恬填词题驿壁上，凄魂曼绝，余亦继声。

羌笛落花天，办香鞯两两，愁人归去。连夜梦魂飞，飞不到天堑东头烟树。空邮古戍，一灯败壁然诗句。不信黄尘，消不尽摘粉搓脂情绪。　　登车切莫回头，怕回头还见，高城尺五。城里正端阳，香车过多少青红儿女？吟情太苦！归来未算年华误。一剑还君君莫问，换了江关词赋。

人月圆

绿珠不爱珊瑚树，情愿故侯家。青门何有？几堆竹素，二顷梅花。　　急须料理，成都贳酒，阳羡栽茶。甘心费尽，三生慧业，万古才华。

定风波

燕子矶头檿笛吹，平明沉玉大王祠。无数蛾眉深院里，晏起，晓霜江上阿谁知？　　山诡潮奔千万变，当面，身轻要唤鲤鱼骑。蓦地江娄催我去，飞渡，樽前说与定何时？

以上龚自珍词十首，录自《定盦词》。

【集评】

谭献曰：定公能为飞仙、剑客之语，填词家长爪梵志也。昔人评山谷诗"如食蝤蛑，恐发风动气"，予于定公词亦云。

（《箧中词》四）　　又曰：阅定盦诗词新刻本，诗佚宕旷邈，而豪不就律，终非当家；词绵丽飞扬，意欲合周、辛而一之，奇作也。（《复堂日记》）

项廷纪

项廷纪，原名鸿祚，字莲生，浙江钱塘人。道光壬辰（一八三二）举人，再上春官，不第。道光十五年（一八三五）卒，距生嘉庆三年（一七九八），年仅三十八岁。著有《忆云词》甲乙丙丁稿，其自序云："生幼有愁癖，故其情艳而苦，其感于物也郁而深；连峰巉巉，中夜猿啸，复如清湘戛瑟，鱼沉雁起，孤月微明；其窅敻幽凄，则山鬼晨吟，琼妃暮泣，风鬟雨鬓，相对支离；不无累德之言，抑亦伤心之极致矣！"（《甲稿序》）又云："不为无益之事，何以遣有涯之生？时异境迁，结习不改，霜花腴之剩稿，念奴娇之过腔，茫茫谁复知者？"（《丙稿序》）又云："当沉郁无憀之极，仅托之绮罗芗泽以泄其思，盖辞婉而情伤矣！"（《丁稿序》）于此略见作者之情趣。朱孝臧题云："无益事，能遣有涯生。自是伤心成结习，不辞累德为闲情，兹意了生平。"（《彊邨语业》卷三）亦约廷纪自序言之也。

绮罗香 感旧

帘影移香，池痕浸渌，重到藏春朱户。小立墙阴，犹认旧题诗句。记西园扑蝶归来，又南浦片帆初去。料如今尘满窗纱，佳期回首碧云暮。　华年浑似流水，还怕啼鹃催老，乱莺无主。一样东风，吹送两边愁绪。正画阑红药飘残，是前度玉人凭处。剩空庭烟草凄迷，黄昏吹暗雨。

减字木兰花 春夜闻隔墙歌吹声

阑珊心绪，醉倚绿琴相伴住。一枕新愁，残夜花香月满楼。　繁笙脆管，吹得锦屏春梦远。只有垂杨，不放秋千影过墙。

湘　月

壬午九月，避喧于南山之甘露院，就泉分茗，移枕看山，相羊浃旬，尘念都净。出院不百步，越小岭，即虎跑也。尝月夜独游，清寒特甚，赋《念奴娇鬲指声》一阕纪之。

绳河一雁，带微云澹月，吹堕秋影。风约疏钟，似唤我同醉寺桥烟景。黄叶声多，红尘梦断，中有檀栾径。空明积水，诗愁浩荡千顷。　乘兴欲叩禅关，残萤几点，飐寒星不定。清夜湖山，肯付与词客闲来消领？跨鹤天高，盟沤缘浅，心事塘蒲冷。朔风狂啸，满林宿鸟都醒。

清平乐 池上纳凉

水天清话，院静人销夏。蜡炬风摇帘不下，竹影半墙如画。　醉来扶上桃笙，熟罗扇子凉轻。一霎荷塘过雨，明朝便是秋声。

太常引 客中闻歌

杏花开了燕飞忙，正是好春光。偏是好春光，者几日风凄雨凉。　杨枝飘泊，桃根娇小，独自个思量。刚待不思量，吹一片箫声过墙。

百字令

将游鸳湖，作此留别。

啼莺催去，便轻帆东下，居然游子。我似春风无管束，何必扬舲千里？官柳初垂，野棠未落，才近清明耳。归期自问，也应芍药开矣。　且去范蠡桥边，试盟沤鹭，领略江湖味。须信西泠难梦到，相隔几重烟水。剪烛窗前，吹箫楼上，明日思量起。津亭回望，夕阳红在船尾。

三犯渡江云

余今年二月客山阴，三月客禾中，四月七月一再至吴门，遂北渡扬子，游金、焦两山，留维扬六日。竭来故山，恍焉如梦。尘衣未浣，又为豫章之行。登舟惘惘，扣舷而歌，弥觉旅怀之凄黯矣！

断潮流月去，柁楼碎语，侵晓挂帆初。一行沙上雁，又被西风，吹影落江湖。红墙渐远，拂征衣自叹清臞。最凄凉疏萍剩梗，飘泊意何如？　愁余！黄花旧径，修竹吾庐，是离魂来处。料此后诗边酒冷，梦里灯孤。停船莫近投书浦，况路长容易无书。归便早，今年总负鲈鱼。

水龙吟 秋声

西风已是难听，如何又着芭蕉雨？泠泠暗起，澌澌渐紧，萧萧忽住。候馆疏砧，高城断鼓，和成凄楚。想亭皋木落，洞庭波远，浑不见，愁来处。　此际频惊倦旅，夜初长归程梦阻。砌蛩自叹，边鸿自唤，剪灯谁语？莫更伤心，可怜秋到，无声更苦。满寒江剩有，黄芦万顷，卷离魂去。

八声甘州 黄叶楼赋夕阳

界斜红飏出晚晴天，相看转凄然！甚匆匆只是，横催雁陈，低照沤眠？树外山眉衬黛，远道草芊芊。一段苍茫意，都付樊川。　　汉阙秦宫何处？送几声画角，吹老华年。尽欢游长好，到此黯流连。倚江楼、玉人凝望，带西风帆影落窗前。愁无限，近黄昏也，新月笼烟。

玉漏迟 冬夜闻南邻笙歌达曙

病多欢意浅，空篝素被，伴人凄惋。巷曲谁家？彻夜锦堂高宴。一片氍毹月冷，料灯影衣香烘软。嫌漏短，漏长却在，者边庭院！　　沈郎瘦已经年，更懒拂冰丝，赋情难遣。总是无眠，听到笛慵箫倦。咫尺银屏笑语，早檐角惊乌啼乱。残梦远，声声晓钟敲断。

临江仙 拟南唐后主

乱红率地春无主，宿寒犹恋屏帏。梦中何日是归期？玉台金屋，空逐彩云飞。　烟月不知人事改，夜深来照花枝。蕙炉香烬漏声迟。阑珊灯火，残醉欲醒时。

谒金门 拟孙光宪

留不得！留也不过今日。今日云帆天咫尺，明朝何处觅？　江上潮平风急，吹断几声残笛？独倚小楼寒恻恻，欲眠灯又黑。

以上项廷纪词十二首，录自《榆园丛刻》本《忆云词》。

【集评】

谭献曰：莲生，古之伤心人也！荡气回肠，一波三折，有白石之幽涩而去其俗，有玉田之秀折而无其率，有梦窗之深细而化其滞，殆欲前无古人。其《乙稿自序》："近日江南诸子，竞尚填词，辨韵辨律，翕然同声，几使姜、张俯首。及观其著述，往往不逮所言。"云云，婉而可思。又《丁稿序》云："不为无益之事，何以遣有涯之生?”亦可以哀其志矣。以成容若之贵,项莲生之富,而填词皆幽艳哀断,异曲同工,所谓别有怀抱者也。(《箧中词》四)

陈 澧

陈澧，字兰甫，广东番禺人，原籍上元。道光壬辰(一八三二)举人，六应会试，不售，官河源县学训导。泛览群籍，凡天文、地理、乐律、算术、古文、骈体文、填词、篆、籀、真、行书，无不精究。先后主讲学海堂及菊坡精舍。所著书《汉儒通义》《东塾读书记》，力排汉宋门户之见。又有《声律通考》《切韵考》等。生于嘉庆十五年(一八一〇)，卒于光绪八年(一八八二)。所为《忆江南馆词》一卷，朱孝臧题云："甄诗格，凌沈几家参。若举经儒长短句，岿然高馆忆江南，绰有雅音涵。"(《彊邨语业》卷三)余尝见其手批《山中白云词》，并从其门人汪兆镛处传录所翻白石《暗香》《疏影》二曲谱，亦足略窥其所宗尚矣。

水龙吟

壬辰九月之望，吾师程春海先生，与吴石华学博，登粤秀山看月，同赋此调，都不似人间语，真绝唱也！今十五年，两先生皆化去。余于此夜，与许青皋、桂皓庭登山，徘徊往迹，淡月微云，增我惆怅，即次原韵。

词仙曾驻峰头，鸾吟缥缈来天际。成连去后，冰弦弹折，百重云水。碧月仍圆，苍山不改，旧时烟翠。只长林坠叶，西风过处，都吹作，秋声起。

此夜三人对影，倚高寒红尘全洗。珠江滚滚，暗潮销尽，十年心事。欲问青天，素娥却似，雾迷三里。剩出山回望，灯明佛屋，有闲僧睡。

齐天乐 十八滩舟中夜雨

倦游谙尽江湖味，孤篷又眠秋雨。碎点飘灯，繁声落枕，乡梦更无寻处。幽蛩不语，只断苇荒芦，乱垂烟渚。一夜潇潇，恼人最是绕堤树。　清吟此时正苦！渐寒生竹簟，秋意如许！古驿疏更，危滩急溜，并作天涯离绪。归期又误！望庾岭模糊，湿云无数。镜里明朝，定添霜几缕。

摸鱼儿

东坡江郊诗序云："归善县治之北，数百步抵江，少西有磐石小潭，可以垂钓。"余访得之，题以此阕。

绕城阴雁沙无际，水光摇漾千顷。苍崖落地平于掌，湿翠倒涵天镜。风乍定，看绝底明漪，曾照东坡影。林烟送暝。只七百年来，斜阳换尽，一片古苔冷。　幽寻处，付与牧村樵径。江郊诗句谁省？平生我亦烟波客，笠屐傥堪持赠？云水性，便挈鹭提鸥，占取无人境。商量画帧。向碎竹丛边，荒芦叶畔，添个小渔艇。

甘　州

惠州朝云墓，每岁清明，倾城女士，酹酒罗拜。坡公诗云："丹成逐我三山去，不作巫阳云雨仙。"余谓朝云倘随坡公仙去，转不如死葬丰湖耳。

渐斜阳淡淡下平堤，塔影浸微澜。问秋坟何处？荒亭叶瘦，废碣苔斑。一片零钟碎梵，飘出旧禅关。杳杳松林外，添做萧寒。　　须信竹根长卧，胜丹成远去，海上三山。只一抔香冢，占断小林峦。似家乡水仙祠庙，有西湖为镜照华鬘。休肠断，玉妃烟雨，谪堕人间。

高阳台

元日独游丰湖，湖边有张氏园林，叩门若无人者，遂过黄塘寺，啜茗而返。忆去年此日，游南昌螺墩，不知明年此日，又在何处也。

新曙湖山，酽寒城郭，钓船犹阁圆沙。短策行吟，何曾负了韶华？虚亭四面春光入，爱遥峰绿到檐牙。欠些些，几缕垂杨，几点桃花。　　去年今日螺墩醉，记石苔留墨，窗竹摇纱。底事年年，清游多在天涯？平生最识闲中味，觅山僧同说烟霞。却输他，斜日关门，近水人家。

百字令

夏日过七里泷，飞雨忽来，凉沁肌骨。推篷看山，新黛如沐，岚影入水，扁舟如行绿颇黎中。临流洗笔，赋成此阕。倘与樊榭老仙倚笛歌之，当令众山皆响也。

江流千里，是山痕寸寸，染成浓碧。两岸画眉声不断，催送蒲帆风急。叠石皴烟，明波蘸树，小李将军笔。飞来山雨，满船凉翠吹入。　便欲舣棹芦花，渔翁借我，一领闲蓑笠。不为鲈香兼酒美，只爱岚光呼吸。野水投竿，高台啸月，何代无狂客？晚来新霁，一星云外犹湿。

以上陈澧词六首，录自广州刊本《忆江南馆词》。

【集评】

谭献曰：兰甫先生，孙卿、仲舒之流，文而又儒，粹然大师，不废藻咏。填词朗诣，洋洋乎会于风雅，乃使绮靡、奋厉两宗，废然知反。（《箧中词续》二）

许宗衡

许宗衡，字海秋，江苏上元人。嘉庆十六年(一八一一)生。咸丰进士，官至起居注主事。同治八年(一八六九)卒。著有《玉井山馆文略》《玉井山馆诗余》。

西窗烛

寒月，和青耜。

蓟门烟树，照影苍凉，啼鸦惊拍风翅。茫茫千里关山白，似雪路冰河，欲归无地。忆旧游梦里箫声，良夜欢悰如坠。　和愁睡。玉宇琼楼，人间天上，都是寻常事。便教万古团栾好，恐耐到鸡鸣，也非容易。忍思量金粟前身？冻合三生清泪。

【评】

谭献曰：骨折魂惊，语语沉痛。(《箧中词》四)

中兴乐

初秋同人登龙树寺凌虚阁，依李德润："琼瑶集"体。

绕楼一带薜萝墙，西风瑟瑟横塘。眼前春色，垂柳垂杨。芦花容易如霜。雁声长，几时飞到？高城远树，乱堞斜阳。　　十年冠剑独昂藏，古来事事堪伤。狐狸谁问？何况豺狼！蓟门山影茫茫。好秋光！无端孤负，阑干倚遍，风物苍凉。

【评】

谭献曰：止庵《词辨》所谓“既成格调求实，实则精力弥满”者也。（《箧中词》四）

百宜娇

道光己酉秋日，雨中与西涧饮扬州湖舫。

倚帽愁烟，泊舟疑梦，凄绝那知游倦？远树遮楼，望中人杳，落叶满天残恨。谁从吟处，尚记得湖山春影。蓦孤篷点点秋声，与君宜醉休醒。　　空惆怅酒杯易暝。云色作浓阴、暮晴无准。三月桃花，一堤杨柳，箫鼓当时曾听。荒园废冢，怕此后莺声难问。趁羁孤百感茫茫，雨斜风整。

【评】

谭献曰：宋玉微词，兰成小赋。（《箧中词》四）

以上许宗衡词三首，录自《玉井山馆诗余》。

【集评】

谭献曰：海秋先生，伤心人别有怀抱，胸襟酝酿，非寻常文士，度越少鹤通政，为近词一大宗。（《箧中词》四）

蒋春霖

蒋春霖，字鹿潭，江苏江阴人。父尊典，官荆门州。春霖以嘉庆二十三年(一八一八)生，随侍任所。尝登黄鹤楼，赋诗，老宿敛手，一时有“乳虎”之目。父殁，家中落，奉母游京师。既连不得志于有司，乃弃举业，就两淮鹾官，非其志也。咸丰壬子(一八五二)，权富安场大使。丁巳(一八五七)遭母忧，始去官，挈家扬州之东台，居焉。庚辛之际，兵事方急，徐沟乔松年、嘉善金安清，先后争致之。春霖抵掌陈当世利弊甚辩，謇侃奋发，不以属吏自挠。上官亦礼遇之，不为牾也。同治戊辰(一八六八)冬，将访上元宗源瀚于衢州，道吴江，舣舟垂虹桥，一夕而卒，年五十一。姬人黄婉君殉焉。春霖故力于诗，中岁悉摧烧之，一意于词。晚年删存数十阕，为《水云楼词》二卷，杜文澜刻之《曼陀罗阁丛书》中。源瀚为刊补遗一卷。江阴金武祥复刻其遗诗，入《粟香丛书》，题曰《水云楼烬余稿》。(节录武祥所著《蒋春霖传》)

木兰花慢 江行晚过北固山

泊秦淮雨霁，又灯火，送归船。正树拥云昏，星垂野阔，暝色浮天。芦边夜潮骤起，晕波心月影荡江圆。梦醒谁歌楚些？泠泠霜激哀弦。　婵娟，不语对愁眠，往事恨难捐。看莽莽南徐，苍苍北固，如此山川！钩连更无铁锁，任排空樯橹自回旋。寂寞鱼龙睡稳，伤心付与秋烟。

【评】

谭献曰：子山、子美，把臂入林。（《箧中词》五）

浪淘沙

云气压虚阑，青失遥山。雨丝风絮一番番。上巳清明都过了，只是春寒。　华发已无端，何况华残？飞来胡蜨又成团。明日朱楼人睡起，莫卷帘看。

【评】

谭献曰：郑湛侯为予言：“此词本事，盖感兵事之连结，人才之惰窳而作。”（《箧中词》五）

柳梢青

芳草闲门，清明过了，酒滞香尘。白楝华开，海棠华落，容易黄昏。　东风阵阵斜曛，任倚遍红阑未温。一片春愁，渐吹渐起，恰似春云。

【评】

谭献曰：自然。（《箧中词》五）

踏莎行 癸丑三月赋

叠砌苔深，遮窗松密，无人小院纤尘隔。斜阳双燕欲归来，卷帘错放杨华入。　蝶怨香迟，莺嫌语涩，老红吹尽春无力。东风一夜转平芜，可怜愁满江南北。

甘　州

甲寅元日，赵敬甫见过。

又东风唤醒一分春，吹愁上眉山。趁晴梢剩雪，斜阳小立，人影珊珊。避地依然沧海，险梦逐潮还。一样貂裘冷，不似长安。　多少悲笳声里，认匆匆过客，草草辛盘。引吴钩不语，酒罢玉犀寒。总休问、杜鹃桥上，有梅花且向醉中看。南云暗，任征鸿去，莫倚阑干。

【评】

陈廷焯曰：鹿潭深于乐笑翁，故措语多清警，最豁人目。此篇情味尤深永，乃真得玉田神理，又不仅在皮相也。（《白雨斋词话》五）

忆旧游

记星街拚柳，雨径穿莎，悄叩闲门。酒态添华活，任翩翻燕子，偷啄红巾。篆销万重心字，窗影护憨云。甚飞絮年光，绿阴满地，断送春人？　痴魂，正无赖，又琵琶弦上，迸起烟尘。鸿影惊回雪，怅天寒竹翠，色暗罗裙。黛蛾更羞重斗，避面月黄昏。教说与东风，垂杨淡碧吹梦痕。

鹧鸪天

杨柳东塘细水流，红窗睡起唤晴鸠。屏间山压眉心翠，镜里波生鬓角秋。　临玉管，试琼瓯，醒时题恨醉时休。明朝华落归鸿尽，细雨春寒闭小楼。

【评】

谭献曰：字字用意，气体甚高，不易到也。（《箧中词》五）

角　招

壬子正月，游慈慧寺。舟穿梅华林，曲折数里而至。石峰峭碧，沙水明洁，佛楼藏松阴中，清凉悦人。十年后与郭尧卿复过其地，则夕烽不远，寺门阒然闭，梅树半摧为薪，存者亦蕉萃如不欲华。尧卿谓："白石正角招谱，后罕有和者，曷倚新声纪今日事？"余既命笔砚，尧卿击节而歌，盖凄然不可卒听也！

暮寒际，谁家尚遗扁舟，去看烟水？橹枝沙外倚，忘却那回，华下游事。山灵倦矣！渐露出双峰憔悴。十里寒香何在？剩千万树梅魂，伴铜仙垂泪。还喜，梵王殿址，松梢塔影，陈迹残僧指。四阑仍画里。戍角声声，当年无此。霜枫满地，更懒问归人归未？月上西风又起。怕潮落石桥湾，愁难洗。

虞美人

水晶帘卷澄浓雾，夜静凉生树。病来身似瘦梧桐，觉道一枝一叶怕秋风。　银潢何日销兵气？剑指寒星碎。遥凭南斗望京华，忘却满身清露在天涯。

【评】

谭献曰："斜阳烟柳"，谢其温厚。(《箧中词》五)

卜算子

燕子不曾来，小院阴阴雨。一角阑干聚落华，此是春归处。　弹泪别东风，把酒浇飞絮：化了浮萍也是愁，莫向天涯去！

【评】

陈廷焯曰：鹿潭穷愁潦倒，抑郁以终，悲愤慷慨，一发于词，如《卜算子》云云，何其凄怨若此！（《白雨斋词话》五）

唐多令

枫老树流丹，芦华吹又残。系扁舟同倚朱阑。还似少年歌舞地，听落叶，忆长安。　哀角起重关，霜深楚水寒。背西风归雁声酸。一片石头城上月，浑怕照，旧江山。

台城路

金丽生自金陵围城出，为述沙洲避雨光景，感成此解。时画角咽秋，灯焰惨绿，如有鬼声在纸上也。

惊飞燕子魂无定，荒洲坠如残叶。树影疑人，鸮

卜算子(燕子不曾来)

声幻鬼，攲侧春冰途滑。颓云万叠。又雨击寒沙，乱鸣金铁。似引宵程，隔溪磷火乍明灭。　江间奔浪怒涌，断笳时隐隐，相和鸣咽。野渡舟危，空村草湿，一饭芦中凄绝。孤城雾结。剩罥网离鸿，怨啼昏月。险梦愁题，杜鹃枝上血。

【评】

陈廷焯曰：状景逼真，有声有色。（《白雨斋词话》五）

台城路 易州寄高寄泉

两年心上西窗雨，阑干背灯敲遍。雪拥惊沙，星寒大野，马足关河同贱。羁愁数点。问春去秋来，几多鸿雁？忘却华颠，昔时颜色梦中见。　青衫铅泪似洗，断笳明月里，凉夜吹怨。古石攲台，悲风咽筑，酒罢哀歌难遣。飞华乱卷。对万树垂杨，故人青眼。雾隐孤城，夕阳山外远。

【评】

谭献曰：豪竹哀丝，一时并奏，“马足”句千古。（《箧中词》五）

琵琶仙

五湖之志久矣！羁累江北，苦不得去。岁乙丑，偕婉君泛舟黄桥，望见烟水，益念乡土，谱白石自度曲一章，以空侯按之。婉君曾经丧乱，歌声甚哀。

天际归舟，悔轻与故国梅华为约。归雁啼入空侯，沙洲共飘泊。寒未减，东风又急，问谁管沈腰愁削？一舸青琴，乘涛载雪，聊共斟酌。　更休怨伤别伤春，怕垂老心情渐非昨。弹指十年幽恨，损萧娘眉萼。今夜冷，篷窗倦倚，为月明强起梳掠。怎奈银甲秋声，暗回清角！

【评】

谭献曰：屈曲洞达，齐、梁书体。（《箧中词》五）

以上蒋春霖词十四首，录自曼陀罗华阁本《水云楼词》。

【集评】

李肇增曰：君为诗恢雄肮脏，若《东淘杂诗》二十首，不减少陵秦州之作。乃易其工力为长短句，镂情刿恨，转豪于铢黍之间，直而致，沉而姚，曼而不靡，呜呼！君之词亦工矣。君尝谓：

“词祖乐府，与诗同源。俚薄破碎，失风、雅之旨。情至韵会，溯写风流，极温深怨慕之意，亦未知其同与异否也。”故以此悉力于词，登山临川，伤离悼乱，每有感慨，于是乎寄。（《水云楼词序》）

谭献曰：文字无大小，必有正变，必有家数。水云楼词，固清商变徵之声，而流别甚正，家数颇大，与成容若、项莲生，二百年中，分鼎三足。咸丰兵事，天挺此才，为倚声家杜老，而晚唐、两宋一唱三叹之意则已微矣！或曰：“何以与成、项并论？”应之曰：阮亭、葆酚一流为才人之词，宛邻、止庵一派为学人之词，惟三家是词人之词，与朱、厉同工异曲，其他则旁流羽翼而已。（《箧中词》五）　又曰：水云楼词，婉约深至，时造虚浑，要为第一流矣。（《复堂日记》）

陈廷焯曰：蒋鹿潭《水云楼词》二卷，深得南宋之妙，于诸家中尤近乐笑翁。竹垞自谓学玉田，恐去鹿潭尚隔一层也。又曰：词至国初而盛，至毗陵而后精。近时词人，庄中白敻乎不可尚已。谭氏仲修，亦骎骎与古为化。鹿潭稍逊皋文、庄、谭之古厚，而才气甚雄，亦铁中铮铮者。（《白雨斋词话》五）

朱孝臧曰：水云词，尽人能诵其隽快之句，嘉、道间名家，可称巨擘，宜复翁仰倒赏击，而有会于冰叔（李肇增）之言也。顾其气格驳而不纯，比之莲生差近之，正惟其才仅足为词耳。（手批《箧中词》）

薛时雨

薛时雨，字慰农，晚号桑根老农，滁州全椒人。嘉庆二十三年(一八一八)生。道光二十三年(一八四三)举于乡，以母病，不应礼部试。至咸丰三年(一八五三)始成进士，出知嘉善，迁杭州府，兼署督粮道，代行布政、按察两司事。以疾归，主杭州崇文，江宁尊经、惜阴三书院。光绪十一年(一八八五)卒于江宁。著有《藤香馆集》，附词二种：一曰《西湖橹唱》，一曰《江舟欸乃》。其自序云："律疏而语率，无柔肠冶态以荡其思，无远韵深情以媚其格，病根仍是犯一直字。"亦可略窥其词格矣。

临江仙

大风雨，过马当山。

雨骤风驰帆似舞，一舟轻度溪湾。人家临水有无间。江豚吹浪立，沙鸟得鱼闲。　绝代才人天亦喜，借他只手回澜。而今无复旧词坛。马当山下路，空见野云还。

【评】

谭献曰：结响甚遒。(《箧中词》四)

以上薛时雨词一首，录自《藤香馆词》。

俞樾

俞樾，字荫甫，号曲园，浙江德清人。道光元年(一八二一)生。以进士官编修，提督河南学政。罢归，侨居苏州。自少至老，著述不倦。主讲杭州诂经精舍至三十一年，为一时朴学之宗。光绪三十二年(一九〇六)卒，年八十六。著有《春在堂全集》，凡五百余卷，附《春在堂词录》。

金缕曲

次女绣孙，倚此咏落花，词意凄惋。有云："叹年华、我亦愁中老。"余谓少年人不宜作此，因广其意，亦成一阕。

花信匆匆度。算春来瞢腾一醉，绿阴如许！万紫千红飘零尽，凭仗东风送去。更不问埋香何处？却笑痴儿真痴绝，感年华写出伤心句："春去也，那能驻？"　浮生大抵无非寓。漫流连鸣鸠乳燕，落花飞絮。毕竟韶华何尝老，休道春归太遽。看岁岁朱颜犹故。我亦浮生蹉跎甚，坐花阴未觉斜阳暮。凭彩笔，绾春住。

以上俞樾词一首，录自《春在堂词录》。

张景祁

张景祁，字蘩甫，一字韵梅，浙江钱塘人。道光七年（一八二七）生。（据《新蘅词》卷八《六十初度词》，越二年为光绪己丑，以此上推，当生是年。）为薛时雨门下士。光绪间成进士，以庶常改知县。晚岁由福建渡台湾，宦游淡水、基隆等地。著有《新蘅词》九卷，外集一卷。

一枝春 落梅

不管清寒，问东风忍把高枝轻扫？瑶台梦杳，未许探芳重到。生涯惯冷，任篱落水边都好。谁会得千种飘零，并入笛声凄调。　仙云甚时流照？叹珠尘半委，萼华空老。无言更苦，肯怨早春啼鸟？关山去也，又蹴损马蹄多少？还盼取点额人归，翠尊共倒。

【评】

谭献曰：茵溷飘零，感均顽艳。（《箧中词续》二）

小重山

几点疏雅眷柳条。江南烟草绿，梦迢迢。十年旧约断琼箫。西楼下，何处玉骢骄？　酒醒又今宵。画屏残月上，篆香销。凭将心事记回潮。青溪水，流得到红桥。

【评】

谭献曰：高寻欧、晏，参异己之长。（《箧中词续》二）

双双燕 秋燕

玳梁对语。叹门巷乌衣，旧家谁主？巢痕刚暖，又触故园离绪。漫约催归伴侣，看玉剪将飞还住。自怜瀚海飘零，也学年年羁旅。　　辛苦！天涯倦羽。怕负了深闺，寄书香缕。重帘空卷，咫尺画堂何处？容易流光梦雨，便消瘦红襟如许！何况万里西风，更送玉关人去？

【评】

谭献曰：缭曲往复，不数梅溪。（《箧中词续》二）

望海潮

基隆为全台锁钥。春初海警狎至，上游拨重兵堵守。突有法兰兵轮一艘入口游奕，传是越南奔北之师，意存窥伺，越三日始扬帆去，我军亦不之诘也。

插天翠壁，排山雪浪，雄关险扼东溟。沙屿布棋，飙轮测线，龙骧万斛难经。笳鼓正连营。听回潮夜半，添助军声。尚有楼船，鲎帆影里矗危旌。追思燕颔勋名，问谁投健笔，更请长缨？警鹤唳空，狂鱼舞月，边愁暗入春城。玉帐坐谈兵。有獞花压酒，引剑风生。甚日炎洲洗甲，沧海浊波倾？

酹江月

法夷既据基隆，擅设海禁。初冬余自新竹旧港内渡，遇敌艘巡逻者驶及之，几为所困。暴风陡作，去帆如马，始免于难。中夜抵福清之观音澳，宿茅舍，感赋。

楼船望断，叹浮天万里，尽成鲸窟。别有仙槎凌浩渺，遥指神山弭节。琼岛生尘，珠崖割土，此恨何时雪？龙愁鼍愤，夜潮犹助鸣咽。　回忆鸣镝飞空，猋轮逐浪，脱险真奇绝。十幅布帆无恙在，把酒狂呼明月。海鸟忘机，溪云共宿，时事今休说！惊沙如雨，任他窗纸敲裂。

曲江秋 马江秋感

寒潮怒激。看战垒萧萧，都成沙碛。挥扇渡江，围棋赌墅，诧纶巾标格。烽火照水驿。问谁洗鲸波赤？指点鏖兵处，墟烟暗生，更无渔笛。　嗟惜，平台献策，顿销尽楼船画鹢。凄然猨鹤怨，旌旗何在？血泪沾筹笔。回望一角天河，星辉高拥乘槎客。算只有鸥边，疏荭断蓼，向人红泣。

秋　霁 基隆秋感

盘岛浮螺，痛万里胡尘，海上吹落。锁甲烟销，大旗云掩，燕巢自惊危幕。乍闻唳鹤、健儿罢唱《从军乐》。念卫、霍，谁是汉家图画壮麟阁？　遥望故垒，毳帐凌霜，月华当天，空想横槊。卷西风寒鸦阵黑，青林凋尽怎栖托？归计未成情味恶。最断魂处，惟见莽莽神州，暮山衔照，数声哀角。

【评】

谭献曰：笳吹频惊，苍凉词史，穷发一隅，增成故实。（《箧中诗续》二）

齐天乐

台湾自设行省，抚藩驻台北郡城，华夷辐凑，规制日廓，洵海外雄都也。赋词纪盛。

客来新述瀛洲胜，龙荒顿闻开府。画鼓春城，环灯夜市，妮队蛮韡红舞。莎茵绣土。更车走奇肱，马徕瑶圃。莫讶琼仙，眼看桑海但朝暮。　天涯旧游试数。绿芜环废垒，啼鴂凄苦。绝岛螺盘，雄关豹守，此是神州庭户！惊涛万古。愿洗净兵戈，卷残楼橹。（近闻埤南嘉彰，土寇窃发。）梦踏云峰，曙霞天半吐。

浣溪沙

寂寂纹窗黯碧纱，瑶琴弹折落梅花，飘零杨柳怨栖鸦。　对影春衫销旧酒，误人尘镜换朝霞，十年心事两天涯。

清平乐

春雷殷地，玉女投壶戏。一朵红云飞不起，压着蟠根仙李。　百年乔木谁栽？迎风帘幕轻开。燕子不知人世，犹寻旧日楼台！

以上张景祁词十首，录自百亿梅花仙馆刊本《新蘅词》。

【集评】

叶衍兰曰:《新蘅词》选调必精,摛辞必炼,有石帚之清峭而不偏于劲,有梅溪之幽隽而不失之疏,有梦窗之绵丽而不病其秾,有玉田之婉约而不流于滑,寻声于清浊高下之别,审音于舌腭唇齿之分,剖析微茫,力追正始。(《新蘅词序》)

谭献曰:韵梅早饮香名,填词刻意姜、张,研声刊律,吾党六七人奉为导师。故山兵劫,同好晨星。乱后重见,君已摧锋落机,谢去斧藻。中年哀乐,登科已迟;又复屈承明之著作,走海国之靴板,不无黄钟瓦缶之伤;倚声日富,规制益高,骎骎乎北宋之坛宇;江东独秀,其在斯人乎?外集集古,多长篇奇制,如《洞仙歌》《解连环》之组紃石帚,真无缝天衣,当以全集沾被艺林,不悉登也。(《箧中词续》二)

庄　棫

庄棫，字中白，江苏丹徒人。治《易》《春秋》，兼通纬候。先世业鹾，后家中落，校书淮南、江宁各官书局，以光绪四年（一八七八）卒。著有《蒿庵遗稿》，词甲、乙稿及补遗附焉。棫自序谓："向从北宋溯五代十国，今复下求南宋得失离合之故。"足见其词学渊源所自。与谭献齐名。朱孝臧合题二家词集云："皋文说，沆瀣得庄、谭。感遇霜飞怜镜子，会心衣润费炉烟，妙不著言诠。"（《彊邨语业》卷三）据此，知二氏固常州派之后劲也。

思佳客二首　春雨

其一

一曲歌成酒一杯，困人天气好亭台。沉沉春昼斜飞雨，寂寂闲门乱点苔。　花几簇，锦千堆，落红成阵映香腮。不如却下帘儿坐，自看同心七宝钗。

其二

无赖今年又晚春，一春风雨倍销魂。梁间归燕空留客，叶底流莺解骂人。　飞絮绕，落花频，佩环摇荡梦中云。闭门已过春三月，莫向青郊问画轮。

高阳台　长乐渡

长乐渡边，秦淮水畔，莫愁艇子曾携。一曲西河，尊前往事依稀。浮萍绿涨前溪遍，问六朝遗迹都迷。映玻璃，白下城南，武定桥西。　行人共说风光好，爱沙边鸥梦，雨后莺啼。投老方回，练裙十幅谁题？相思子夜春还夏，到欢闻先已凄凄。更休提，烟外斜阳，柳外长堤。

【评】

谭献曰：骀荡怨抑之境，为前人所未开。（《箧中词》五）

蝶恋花四首

其一

城上斜阳依绿树。门外斑骓，见了还相顾。玉勒珠鞭何处住？回头不觉天将暮。　风里余花都散去。不省分开，何日能重遇？凝睇窥君君莫误，几多心事从君诉。

其二

百丈游丝牵别院。行到门前，忽见韦郎面。欲待回身钗乍颤，近前却喜无人见。　握手匆匆难久恋。还怕人知，但弄团团扇。强得分开心暗战，归时莫把朱颜变。

其三

绿树阴阴晴昼午。过了残春，红萼谁为主？宛转花幡勤拥护，帘前错唤金鹦鹉。　　回首行云迷洞户。不道今朝，还比前朝苦。百草千花羞看取，相思只有侬和汝。

其四

残梦初回新睡足。忽被东风，吹上横江曲。寄语归期休暗卜，归来梦亦难重续。　　隐约遥峰窗外绿。不许临行，私语频相属。过眼芳华真太促，从今望断横波目。

【评】

陈廷焯曰：蒿庵《蝶恋花》四章，所谓托志帷房，眷怀身世者。首章“回头”七字，感慨无限，下半声情酸楚，却又哀而不伤。次章心事曲折传出；下半韬光匿采，忧谗畏讥，可为三叹。三章词殊怨慕；次章盖言所谋有可成之机，此则伤所遇之卒不合也。故下云：“回首行云迷洞户，不道今朝，还比前朝苦。”悲怨已极。结云：“百草千花羞看取，相思只有侬和汝。”怨慕之深，却又深信而不疑；想其中或有谗人间之，故无怨当局之语；然非深于风骚者，不能如此忠厚。四章决然舍去，中有怨情，故才欲说便咽住；下半天长地久之恨，海枯石烂之情，不难得其缠绵沉厚，而难得其

温厚和平。(《白雨斋词话》五)

相见欢二首

其一

春愁直上遥山,绣帘闲。赢得蛾眉宫样月儿弯。

云和雨,烟和雾,一般般。可恨红尘遮得断人间。

其二

深林几处啼鹃,梦如烟。直到梦难寻处倍缠绵。

蝶自舞,莺自语,总凄然。明月空庭如水似华年。

【评】

陈廷焯曰:二词用意、用笔,超越古今,能将骚、雅真消息吸入笔端,更不可以时代限也。(《白雨斋词话》五)

定风波

为有书来与我期,便从兰杜惹相思。昨夜蝶衣刚入梦,珍重,东风要到送春时。　三月正当三十日，占得，春光毕竟共春归。只有成阴并结子，都是，而今但愿着花迟。

【评】

陈廷焯曰：蒿庵词有看似平常，而寄兴深远，耐人十日思者，如《定风波》云云，暗含情事，非细味不见。（《白雨斋词话》五）

凤凰台上忆吹箫

瓜渚烟消，芜城月冷，何年重与清游？对妆台明镜，欲说还羞。多少东风过了，云缥缈何处勾留？都非旧，君还记否？吹梦西洲。　悠悠，芳辰转眼，谁料到而今，尽日楼头。念渡江人远，侬更添忧。天际音书久断，还望断天际归舟。春回也！怎能教人，忘了闲愁？

【评】

谭献曰：清空如话，不至轻僄，消息甚微。（《箧中词》五）

陈廷焯曰：纯是变化风、骚，温、韦几非所屑就，尚何有于姜、史？（《白雨斋词话》五）

以上庄棫词十一首，录自《蒿庵遗集》。

【集评】

谭献曰:闺中之思,灵均之遗则,动于哀愉而不能自已,中白当曰:"非我佳人,莫之能解也。"(《箧中词》五)

陈廷焯曰:蒿庵词穷源竟委,根柢盘深,而世人知之者少。余观其词,匪独一代之冠,实能超越三唐、两宋,与风、骚、汉乐府相表里,自词人以来,罕见其匹。而究其得力处,则发源于国风、小雅,胎息于淮海、大晟,而寝馈于碧山也。(《白雨斋词话》五)

谭　献

谭献，初名廷献，字仲修，号复堂，浙江仁和人。道光十二年（一八三二）生。同治六年（一八六七）举人，纳资为县令，历署歙县、全椒、合肥知县。旋归隐，锐意撰述，为一时物望所归。光绪二十七年（一九〇一）卒，年七十。工骈体文，于词学致力尤深，选清人词为《箧中词》六卷，续三卷，至精审，学者奉为圭臬。又曾评点《骈体文钞》及周止庵《词辨》，皆能度人金针者，亦近代词坛之一大宗师也。

青门引

人去阑干静，杨柳晓风初定。芳春此后莫重来，一分春少，减却一分病。　离亭薄酒终须醒，落日罗衣冷。绕楼几曲流水，不曾留得桃花影。

【评】

陈廷焯曰：透一层说更深，即“相见争如不见”意。又曰：此词凄婉而深厚，纯乎骚、雅。（《白雨斋词话》五）

蝶恋花二首

其一

庭院深深人悄悄。埋怨鹦哥，错报韦郎到。压鬓钗粱金凤小，低头只是闲烦恼。　　花发江南年正少。红袖高楼，争抵还乡好？遮断行人西去道，轻躯愿化车前草。

其二

玉颊妆台人道瘦。一日风尘，一日同禁受。独掩疏栊如病酒，卷帘又是黄昏后。　　六曲屏前携素手。戏说分襟，真遣分襟骤。书札平安君信否？梦中颜色浑非旧。

【评】

陈廷焯曰："庭院深深"阕，上半传神绝妙，下半沉痛已极，所谓"情到海枯石烂时"也。"玉颊妆台"阕，上半沉至语，殊觉哀而不伤，怨而不怒；下半相思刻骨，寤寐潜通，顿挫沉郁，可以泣鬼神矣！（《白雨斋词话》五）。　　叶恭绰曰：正中、六一之遗。（《广箧中词》二）

金缕曲 江干待发

又指离亭树。恁春来消除愁病，鬓丝非故。草绿天涯浑未遍，谁道王孙迟暮？肠断是空楼微雨。云水荒荒人草草，听林禽只作伤心语。行不得，总难住。　　今朝滞我江头路。近篷窗岸花自发，向人低舞。裙衩芙蓉零落尽，逝水流年轻负。渐惯了单寒羁旅。信是穷途文字贱，悔才华却受风尘误。留不得，便须去。

【评】

叶恭绰曰：如此方可云“清空不质实”。（《广箧中词》二）

鹧鸪天

绿酒红灯漏点迟，黄昏风起下帘时。文鸳莲叶成漂泊，幺凤桐花有别离。　云澹澹，雨霏霏，画屏闲煞素罗衣。腰支眉黛无人管，百种怜侬去后知。

一萼红 吴山

黯愁烟，看青青一片，犹认旧眉山。花发楼头，絮飞陌上，春色还似当年。翠苔畔曾容醉卧，听语笑、风动画秋千。一曲琴丝，十三筝柱，原是人间。

细数总成残梦，叹都迷踪迹，只有留连。劫换红羊，巢空紫燕，重来步步回旋。尽消受云飞雨散，化胡蝶、犹绕旧阑干。不分中年到时，直恁荒寒！

洞仙歌 初秋

杨枝弄碧，系天涯心眼，几日凉风便零乱。画桥边，一片流水无声，人独立，暮角将愁吹断。　春城烟雨里，如梦帘栊，曾拂檐花笑相见。我已厌闻歌，玉笛苍凉，又吹起十年清怨。问采采夫容隔西洲，却树下门前，为谁留恋？

渡江云

大观亭同阳湖赵敬甫、江夏郑赞侯。

大江流日夜，空亭浪卷，千里起悲心。问花花不语，几度轻寒，恁处好登临？春幡颤袅，怜旧时人面难寻。浑不似故山颜色，莺燕共沉吟。　销沉，六朝裙屐，百战旌旗，付渔樵高枕。何处有藏鸦细柳，系马平林？钓矶我亦垂纶手，看断云飞过荒浔。天未暮，帘前只是阴阴。

【评】

叶恭绰曰：曲而有直体。（《广箧中词》二）

桂枝香 秦淮感秋

瑶流自碧，便作就可怜，如许秋色，只是烟笼水冷，后庭歌歇。帘波澹处留人景，袅西风数声长笛。彩旗船舫，华灯鼓吹，无复消息。　念旧事沉吟省识。问曾照当年，惟有明月。拾翠汀洲，密意总成萧瑟。秦淮万古多情水，奈而今秋燕如客。望中何限，斜阳衰草，大江南北。

临江仙 和子珍

芭蕉不展丁香结，匆匆过了春三。罗衣花下倚娇憨。玉人吹笛，眼底是江南。　最是酒阑人散后，疏风拂面微酣。树犹如此我何堪？离亭杨柳，凉月照毵毵。

【评】

陈廷焯曰：语极清隽，琅琅可讽，“玉人吹笛”二语，尤为警绝。(《白雨斋词话》五)

以上谭献词十首，录自《复堂类集》本《复堂词》及《白雨斋词话》。

【集评】

陈廷焯曰：复堂词品骨甚高，源委悉达，其胸中、眼中，下笔时匪独不屑为陈、朱，尽有不甘为梦窗、玉田处，所传虽不多，自是高境。余尝谓近时词人，庄中白尚矣，蔑以加矣，次则谭仲修，鹿潭虽工词，尚未升风、骚之堂也。　又曰：仲修小词绝精，长调稍逊，盖于碧山深处，尚少一番涵咏功也。（《白雨斋词话》五）

叶恭绰曰：仲修先生承常州派之绪，力尊词体，上溯风、骚，词之门庭，缘是益廓，遂开近三十年之风尚，论清词者，当在不祧之列。（《广箧中词》二）

王鹏运

王鹏运，字幼遐，自号半塘老人，晚号鹜翁，广西临桂人，原籍浙江山阴。道光二十八年(一八四八)生。同治庚午(一八七〇)举人，历官内阁侍读、监察御史、礼科给事中。庚子(一九〇〇)，八国联军侵入北京，鹏运与朱祖谋、刘福姚集宣武门外教场头条胡同寓宅，相约填词，成《庚子秋词》二卷。光绪二十八年(一九〇二)南归，主扬州仪董学堂。三十年(一九〇四)六月，卒于苏州，年五十六。鹏运内性淳笃，接物和易，能为晋人清谈、东方滑稽，往往一言隽永，令人三日思不能置。尝汇刻《花间集》以迄宋、元诸家词为《四印斋所刻词》。其词学承常州派之余绪而发扬光大之，以开清季诸家之盛。自刻所作词曰《袖墨》《虫秋》《味梨》《蜩知》等集，以丙、丁、戊题稿，缺甲稿，以生平未登甲科为憾也。其后删订为《半塘定稿》，附剩稿，祖谋为刻于广州，并题词云："香一瓣，长为半塘翁。得象每兼花外永，起孱差较茗柯雄，岭表此宗风。"(《望江南》)亦见其倾倒之至矣。(参阅况周颐《半塘老人传》及余旧作《清季四大词人》)

念奴娇

登旸台，上绝顶，望明陵。

登临纵目，对川原绣错，如接襟袖。指点十三陵树影，天寿低迷如阜。一霎沧桑，四山风雨，王气销沉久！涛生金粟，老松疑作龙吼。　惟有沙草微茫，白狼终古，滚滚边墙走。野老也知人世换，尚说山灵呵守。平楚苍凉，乱云合沓，欲酹无多酒。出山回望，夕阳犹恋高岫。

八声甘州 送伯愚都护之任乌里雅苏台

是男儿万里惯长征，临歧漫凄然。只榆关东去，沙虫猨鹤，莽莽烽烟。试问今谁健者？慷慨著先鞭。且袖平戎策，乘传行边。　老去惊心鼙鼓，叹无多哀乐，换了华颠。尽雄虺琐琐，呵壁问苍天。认参差神京乔木，愿锋车归及中兴年。休回首，算中宵月，犹照居延。

祝英台近 次韵道希感春

倦寻芳，慵对镜，人倚画阑暮。燕妒莺猜，相向甚情绪？落英依旧缤纷，轻阴难乞，枉多事愁风愁雨。　小园路，试问能几销凝？流光又轻误。联袂留春，春去竟如许！可怜有限芳菲，无边风月，恁都付等闲风絮。

玉漏迟

望中春草草，残红卷尽，旧愁难扫。载酒园林，往日游情倦了！几点飘零花絮，做弄得阴晴多少？归梦好，宵来犹记，骖鸾空到。　　尾长翼短如何？算愁里听歌，也伤怀抱。烂锦年华，谁信春残恁早？留取花梢日在，休冷落旧家池沼。吟思悄，此恨鹧鸪能道。

点绛唇 饯春

抛尽榆钱，依然难买春光驻。饯春无语，肠断春归路。　　春去能来，人去能来否？长亭暮，乱山无数，只有鹃声苦。

南乡子

斜月半胧明，冻雨晴时泪未晴。倦倚香篝温别语，愁听，鹦鹉催人说四更。　　此恨拚今生，红豆无根种不成。数遍屏山多少路，青青，一片烟芜是去程。

浣溪沙 题丁兵备丈画马

苜蓿阑干满上林，西风残秣独沉吟，遗台何处是黄金？　　空阔已无千里志，驰驱枉抱百年心，夕阳山影自萧森。

减字木兰花

婆娑醉舞，呵壁无灵天不语。独上荒台，秋色苍然自远来。　　古人不见，满目荆榛文字贱。莫莫休休，日凿终为浑沌忧。

沁园春

岛佛祭时，艳传千古。八百年来，未有为词修祀事者。今年辛峰来京度岁，倡酬之乐，雅擅一时。因于除夕，陈词以祭，谱此迎神，而以送神之曲属吾弟焉。

词汝来前！酹汝一杯，汝敬听之。念百年歌哭，谁知我者？千秋沆瀣，若有人兮。芒角撑肠，清寒入骨，底事穷人独坐诗？空中语，问绮情忏否？几度然疑。　　玉梅冷缀莓枝，似笑我吟魂荡不支。叹春江花月，竞传宫体；楚山云雨，枉托微词。画虎文章，屠龙事业，凄绝商歌入破时。长安陌，听喧阗箫鼓，良夜何其？

【评】

叶恭绰曰：奇情壮采。（《广箧中词》二）

沁园春 代词答

词告主人：釂君一觞，吾言滑稽。叹壮夫有志，雕虫岂屑？小言无用，刍狗同嗤。捣麝尘香，赠兰服媚，烟月文章格本低。平生意，便俳优帝畜，臣职奚辞？　无端惊听还疑，道词亦穷人大类诗。笑声偷花外，何关著作？情移笛里，聊寄相思。谁遣方心，自成沓舌，翻讶金荃不入时！今而后，倘相从未已，论少卑之。

摸鱼子

以汇刻宋、元人词赠次珊，承赋词报谢，即用原调酬之。

莽风尘雅音寥落，孤怀郁郁谁语？十年铅椠殷勤抱，弦外独寻琴趣。堪叹处，恁拍到红牙，心事纷如许！低徊吊古。试一酹前修，有灵词客，知我断肠否？

文章事，覆瓿代薪朝暮，新声那辨钟缶？怜渠抵死耽佳句，语便惊人何补！君念取，底断谱零缣，留得精神住？伫辛伫苦。且醉上金台，酣歌击筑，杂沓任风雨。

临江仙

枕上得"家山"二语，漫谱此调。梦生于想，歌也有思，不自知其然而然也。

歌哭无端燕月冷，壮怀销到今年。断歌凄咽若为传。家山春梦里，生计酒杯前。　茆屋石田荒也得，梦归犹是家山。南云回首落谁边？拟呵湘水壁，一问左徒天。

三姝媚

次珊读唐人"息夫人不言赋"，有感于"外结舌而内结肠，先钳心而后钳口"之语，赋词索和，聊复续声，亦"盍各"之旨也。

蘼芜春思远。采芳馨愁贻，黛痕深敛。薄命怜花，倚东风罗袖，泪珠偷泫。暝入西园，容易又林禽声变。那得相思，付与青蘋，自随蓬转。　惆怅罗衾扪遍。便梦隔欢期，旧恩还恋。芳意回环，认鸳机锦字，断肠缄怨。缕缕丝丝，拚袅尽香心残篆。漫想歌翻璧月，临春夜满。

【评】

叶恭绰曰：缠绵往复。（《广箧中词》二）

玉楼春

好山不入时人眼，每向人家稀处见。浓青一桁拨云来，沉恨万端如雾散。　山灵休笑缘终浅，作计避人今未晚。十年缁尽素衣尘，雪鬓霜髯尘不染。

浪淘沙 自题《庚子秋词》后

华发对山青，客梦零星，岁寒濡呴慰劳生。断尽愁肠谁会得？哀雁声声。　心事共疏檠，歌断谁听？墨痕和泪渍清冰。留得悲秋残影在，分付旗亭。

满江红

朱仙镇谒岳鄂王祠，敬赋。

风帽尘衫，重拜倒朱仙祠下。尚仿佛英灵接处，神游如乍。往事低徊风雨疾，新愁黯淡江河下。更何堪雪涕读题诗，残碑打！　黄龙指，金牌亚。旌旆影，沧桑话。对苍烟落日，似闻悲咤。气慑蛟鼍澜欲挽，悲生笳鼓民犹社。抚长松郁律认南枝，寒涛泻。（道光季年，河决开封，举镇惟岳祠无恙。壬午扶护南归，曾梦游祠下。）

鹧鸪天

登玄墓还元阁，用叔问《重泊光福里》韵。

云意阴晴覆寺桥，秋声瑟瑟径萧萧。五湖新约尊前订，十月轻寒画里销。　凭翠槛，数烟梢，一楼人外万峰高。青山阅尽兴亡感，付与松风话市朝。

以上王鹏运词十七首，录自《半塘定稿》。

【集评】

朱祖谋曰：君词导源碧山，复历稼轩、梦窗，以还清真之浑化，与周止庵氏说契若针芥。（《半塘定稿序》）

叶恭绰曰：幼遐先生于词学独探本原，兼穷蕴奥，转移风会，领袖时流，吾常戏称为桂派先河，非过论也。彊邨翁学词，实受先生引导。文道希丈之词，受先生攻错处，亦正不少。清季能为东坡、片玉、碧山之词者，吾于先生无间焉。（《广箧中词》二）

沈曾植

沈曾植，字子培，号巽斋，晚号寐叟，浙江嘉兴人。道光三十年（一八五〇）生。光绪庚辰（一八八〇）进士，官至安徽布政使。清亡，侨寓上海，为一代儒宗。学识淹博，尤精于西北史地。所居海日楼，中外学人争往质疑问字，座客常满。一九二二卒，年七十三。所著书已刊行者有《蒙古源流笺证》《元秘史注》《海日楼诗》《曼陀罗寱词》等，尚不及全书十之一二云。

渡江云 赠文道希

十分春已去，孤花隐叶，怊怅倚阑心。客游今倦矣！珍重韶光，还共醉花阴。长亭短堠，向从来雨黯烟沉。人何处？匣中宝剑，挂壁作龙吟。　登临，秦时明月，汉国山河，尽云寒雁噤。行不得鹧鸪啼晚，苦竹穿林。寻常总道归帆好，者归帆愁与潮深。苍然暮，高山流水鸣琴。

临江仙 沪上与子封同居作

倦客池塘残梦在，秋声不是春声。小屏风上数行程。三危玄趾，关塞不分明。　楼阁平芜天远近，长宵圆月孤清。夜阑珍重短檠灯。对床病叟，攲枕话平生。

临江仙

彊邨词来，调高意远，讽味不足，聊复继声。

西北浮云车盖去，晚来心与飘风。高楼独上与谁同？名随三老隐，声在九歌终。　不是凭阑无下意，新来筋力添慵。江心桃竹倚从容。音书迟雁字，经本阏龙宫。

以上沈曾植词三首，录自《曼陀罗寱词》。

文廷式

文廷式，字道希，号芸阁，江西萍乡人。咸丰六年丙辰(一八五六)生。以父星瑞官高廉兵备道，侨居广州。光绪壬午(一八八二)中式顺天乡试举人，庚寅(一八九〇)成进士，殿试一甲第二名及第，授职编修，擢侍读学士。以盛名抗直，为忌者所中，罢官。戊戌(一八九八)政变，几陷不测。东走日本，为彼邦学者内藤虎等所推重。返国后益潦倒，以光绪三十年甲辰(一九〇四)卒于萍乡，年四十九。廷式博学强识，慷慨有大志，尤长史部，著《纯常子枝语》，积稿数十册，近岁有人始为其整理完竣，雕版行世。其门人徐乃昌刻其《云起轩词钞》一卷于《怀豳杂俎》中，与后来江宁王氏影印手稿本，互有出入，予曾辑录为《重校集评云起轩词》。文氏于清代浙西、常州两词派之外，独树一帜。朱孝臧题其词集云："闲金粉，曹、鄶不成邦。拔戟异军成特起，非关词派有西江，兀傲故难双。"(《彊邨语业》卷三)亦可见其推许之至矣。(参阅沈曾植撰《文云阁墓表》及《昭萍志略》《人物志》本传)

贺新郎

别拟西洲曲，有佳人高楼窈窕，靓妆幽独。楼上春云千万叠，楼底春波如縠。梳洗罢卷帘游目。采采芙蓉愁日暮，又天涯芳草江南绿。看对对，文鸳浴。　侍儿料理裙腰幅，道带围近日宽尽，眉峰长蹙。欲解明珰聊寄远，将解又还重束。须不羡陈娇金屋。一霎长门辞翠辇，怨君王已失苕华玉。为此意，更踯躅。

【评】

叶恭绰曰:何减东坡“乳燕飞华屋”。(《广箧中词》一)

临江仙壬午广州作

岭表寻春春色异，木棉处处开花。橹声人语共咿哑。蛮神依桎栝，水市足蚝虾。　一曲招郎才调好，(道光间,招子容孝廉作“粤讴”,词甚凄丽。)闲听蛋女琵琶。剪风丝雨送归鸦。近来情性别，不吊素馨斜。

蝶恋花

九十韶光如梦里。寸寸关河，寸寸销魂地。落日野田黄蝶起，古槐丛荻摇深翠。　惆怅玉箫催别意。蕙些兰骚，未是伤心事。重叠泪痕缄锦字，人生只有情难死！

【评】

叶恭绰曰:沉痛。(《广箧中词》一)

水龙吟

落花飞絮茫茫，古来多少愁人意！游丝窗隙，惊飚树底，暗移人世。一梦醒来，起看明镜，二毛生矣！有葡萄美酒，芙蓉宝剑，都未称，平生志。我是长安倦客，二十年软红尘里。无言独对，青灯一点，神游天际。海水浮空，空中楼阁，万重苍翠。待骖鸾归去，层霄回首，又西风起。

【评】

王鎏曰：思涩笔超，后片字字奇幻，使人神寒。（手批《云起轩词钞》）　　叶恭绰曰：胸襟兴象，超越凡庸。（《广箧中词》一）

鹧鸪天 即事

劫火何曾燎一尘？侧身人海又翻新。闲拈寸砚磨砒世，醉折繁花点勘春。　闻柝夜，警鸡晨，重重宿雾锁重闉。堆盘买得迎年菜，但喜红椒一味辛。

浣溪沙 旅情

长路风波不自难，绳床聊借一宵安，鸡鸣风雨曙光寒。　秋草黄迷前日渡，夕阳红入隔江山。人生何事马蹄间？（用山巨源语）

永遇乐 秋草

落日幽州，凭高望处，秋思何限？候雁哀鸣，惊鹰昼窜，一片飞蓬卷。西风万里，逾沙越漠，先到斡难河畔。但苍然平皋接轸，玉关消息初断。　千秋只有，明妃冢上，长是青青未染。闻道胡儿，祁连每过，泪落笳声怨。风霜未改，关河犹昔，汗马功名今贱。惊心是南山射虎，岁华易晚。

【评】

王瀣曰：此作极似曹珂雪“和竹垞雁门关”一首，其用意、用笔，各有独到处。　又曰：后遍源出稼轩。（手批《云起轩词钞》）

祝英台近

剪鲛绡，传燕语，黯黯碧云暮。愁望春归，春到更无绪。园林红紫千千，放教狼藉，休但怨连番风雨。　谢桥路，十载重约钿车，惊心旧游误。玉佩尘生，此恨奈何许！倚楼极目天涯，天涯尽处，算只有蒙蒙飞絮。

【评】

王瀣曰：此作得稼轩之骨。　又曰："愁望"以下，其怨愈深，后遍讽刺不少。（手批《云起轩词钞》）　叶恭绰曰：与稼轩"宝钗分"，同为感时之作。（《广箧中词》一）

八声甘州

送志伯愚侍郎赴乌里雅苏台参赞大臣之任，同盛伯羲祭酒、王幼霞御史、沈子培刑部作。

响惊飙越甲动边声，烽火彻甘泉。有六韬奇策，七擒将略，欲画凌烟。一枕瞢腾短梦，梦醒却欣然。万里安西道，坐啸清边。　策马冻云阴里，谱胡笳一阕，凄断哀弦。看居庸关外，依旧草连天。更回首淡烟乔木，问神州今日是何年？还堪慰，男儿四十，不算华颠。

【评】

王瀣曰：后遍豪宕而神色愈凄。（手批《云起轩词钞》）叶恭绰曰：有关掌故。（《广箧中词》一）

摸鱼儿 惜春

恁啼鹃苦催春去，春城依旧如画。年年芳草横门路，换却王孙骢马。春思乍，甚絮乱丝繁，又过寒食也！残阳易下。好飞盖西园，玉觞满引，秉烛共游夜。　琼楼迥，孤负缄词锦帕，铜仙铅泪休泻。落红可及庭阴绿？付与流莺清话。歌舞罢，便熨体春衫，今日从弃舍。雕鞍暂卸。纵行遍天涯，梦魂惯处，犹恋旧亭榭。

【评】

王鎏曰：精粹之作，后遍尤深婉。读此，觉北宋稍率，南宋稍弱矣。（手批《云起轩词钞》）　叶恭绰曰：回肠荡气，忠爱缠绵。（《广箧中词》一）

西江月

削竹闲裁菊枕，煮茶自洗椰瓢。一灯摇梦雨萧萧，苔院更无人到。　世翳已除眼缬，愁尘不上眉梢。布衣来往秀江桥，休问五陵年少。

【评】

王濯曰：句特疏秀。（手批《云起轩词钞》）

翠楼吟

岁暮江湖，百忧如捣，感时抚己，写之以声。

石马沉烟，银凫蔽海，击残哀筑谁和？旗亭沽酒处，看大艑风樯轲峨。（王校：古歌辞有“大艑珂峨头”。手稿原作“轲峨”，徐刊作“峨轲”，岂知“峨”作“平”，不知“二十笴”原有“峨”作“仄”耶？）元龙高卧。便冷眼丹霄，难忘青琐。真无那！冷灰寒柝，笑谈江左。　一笴，能下聊城，算不如呵手，试拈梅朵。苔鸠栖未稳，更休说、山居清课。沉吟今我，只拂剑星寒，欹瓶花妥。清辉堕，望穷烟浦，数星渔火。

【评】

叶恭绰曰：气象颖异，彊邨所谓“兀傲固难双”也。（《广箧中词》一）

鹧鸪天 赠友

万感中年不自由，角声吹彻古梁州。荒苔满地成秋苑，细雨轻寒闭小楼。　诗漫与，酒新刍，醉来世事一浮沤。凭君莫过荆高市，滹水无情也解愁。

【评】

叶恭绰曰：神似稼轩。（《广箧中词》一）

好事近 湘舟有作

翠岭一千寻，岭上彩云如幄。云影波光相射，荡楼台春绿。　仙囊撩鬓倚双屏，窈窕一枝玉。日暮九疑何处？认舜祠丛竹。

【评】

玉滢曰：秾绝！（手批《云起轩词钞》）

忆旧游 秋雁

庚子八月作。

怅霜飞榆塞，月冷枫江，万里凄清。无限凭高意，便数声长笛，难写深情。望极云罗缥渺，孤影几回惊。见龙虎台荒，凤凰楼迥，还感飘零。　梳翎，自来去，叹市朝易改，风雨多经。天远无消息，问谁裁尺帛，寄与青冥？遥想横汾箫鼓，兰菊尚芳馨。又日落天寒，平沙列幕边马鸣。

南乡子 病中戏笔

一室病维摩，且喜闲庭掩雀罗。煮药翻书浑有味，呵呵！老子无愁世则那？　莽莽旧山河，谁向新亭泪点多？惟有鹧鸪声解道：哥哥，行不得时可奈何！

以上文廷式词十六首，录自文氏手写《云起轩词》及南陵徐氏《怀豳杂俎》本《云起轩词钞》。

【集评】

夏敬观曰：近人惟文道希学士，差能学苏。（手批《东坡词》）

冒广生曰：道希论本朝人词，谓："曹珂雪有俊爽之致，蒋鹿潭有深沉之思，成容若学阳春之作而笔意稍轻，张皋文具子瞻之心而才思未逮。"又言："自朱竹垞以玉田为宗，所选《词综》，意旨枯寂。后人继之，尤为冗漫，以二窗为祖祢，视辛、刘若仇雠，家法若斯，庸非巨谬！"（榆案：以上见《怀豳杂俎》本文氏《云起轩词钞自序》）故其所作《云起轩词》浑脱浏漓，有出尘之致，亦可谓出

其余事，足了千人者矣。(《小三吾亭词话》卷一)

胡先骕曰:《云起轩词》，意气飙发，笔力横恣，诚可上拟苏、辛，俯视龙洲。其令词秾丽婉约，则又直入《花间》之室。盖其风骨遒上，并世罕睹，故不从时贤之后，局促于南宋诸家范围之内，诚如所谓美矣善矣。(《学衡杂志》第二七期《评云起轩词钞》)

郑文焯

郑文焯，字小坡，一字叔问，号大鹤山人，又号冷红词客，奉天铁岭人，隶汉军旗。其自称高密郑氏者，诡托于康成之后也。咸丰六年(一八五六)丙辰生。父瑛棨，官陕西巡抚。一门鼎盛，兄弟十人，裘马丽都，惟文焯被服儒雅。中光绪乙亥(一八七五)举人，官内阁中书。旅食苏州，为巡抚幕客，四十余年。善诙谐，工尺牍，兼长书、画。雅慕姜夔之为人，又精音律，深明管弦声数之异同，上以考古燕乐之旧谱。白石自制曲，其字旁所记音拍，皆能以意通之。一九一八卒，年六十三，葬邓尉。所著词有《瘦碧》《冷红》《比竹余音》《苕雅余集》。朱孝臧题云："招隐处，大鹤洞天开。避客过江成旅逸，哀时无地费仙才，天放一闲来。"(《彊邨语业》卷三)后删存为《樵风乐府》九卷，仁和吴昌绶并其所撰《词源斠律》等，合刊为《大鹤山房全集》。(参阅戴正诚撰《大鹤山人年谱》及余旧撰《清季四大词人》)

留春令

中秋夜，红楼离席。

镜华空满，怨红都在，旧时罗帕。早是销凝泪无多，怎留向临歧洒？　枕上阳关催凤驾，忍今宵歌罢。从此西楼翠尊空，愿明月无圆夜。

虞美人

镜屏香冷芙蓉荐，花趁人凝澹。问谁下马看梳头？长是画帘高卷卧清秋。　宿妆留得新眉在，人意依前改。一沟脂水绕楼东，中有几行闲泪往来红。

玉楼春

梅花过了仍风雨，着意伤春天不许。西园词酒去年同，别是一番惆怅处。　一枝照水浑无语，日见花飞随水去。断红还逐晚潮回，相映枝头红更苦！

采桑子

凭高满面东风泪，独立江亭，流水歌声，销尽年涯不暂停。　归来自掩香屏卧，残月新莺，梦好须惊，知是伤春第几生？

湘春夜月

最销魂，画楼西畔黄昏。可奈送了斜阳，新月又当门。自见海棠初谢，算几番醒醉，立尽花阴。念隔帘半面，香酬影答，都是离痕。　哀筝自语，残灯在水，轻梦如云。凤帐笼寒，空夜夜报君红泪，销黯

采桑子(凭高满面东风泪)

罗襟。蓬山咫尺，更为谁青鸟殷勤？怕后约误东风一信，香桃瘦损，还忆而今。

谒金门

钗凤坠，人意不如初会。圆月后逢歌舞地，断肠明镜里。　　早是君心难恃，恨不玉颜先悴。恩重娇多情易费，枕函花有泪。

浣溪沙

从石楼、石壁，往来邓尉山中。

一半梅黄杂雨晴，虚岚浮翠带湖明，闲云高鸟共身轻。　　山果打头休论价，野花盈手不知名，烟峦直是画中行。

谒金门三首

其一

行不得！黦地衰杨愁折。霜裂马声寒特特，雁飞关月黑。　　目断浮云西北，不忍思君颜色。昨日主人今日客，青山非故国。

其二

留不得！肠断故宫秋色。瑶殿琼楼波影直，夕阳人独立。　　见说长安如奕，不忍问君踪迹。水驿山邮都未识，梦回何处觅？

其三

归不得！一夜林乌头白。落月关山何处笛？马嘶还向北。　　鱼雁沉沉江国，不忍闻君消息。恨不奋飞生六翼，乱云愁似幂。

【评】

叶恭绰曰：沉痛。（《广箧中词》二）

迷神引

看月开帘惊飞雨，万叶战秋红苦。霜飙雁落，绕沧波路。一声声，催笳管，替人语。银烛金炉夜，梦何处？到此无聊地，旅魂阻。　　眷想神京，缥缈非烟雾。对旧河山，新歌舞。好天良夕，怪轻换华年柱。塞庭寒，江关暗，断钟鼓。寂寞衰灯侧，空泪注。茗茗云端隔，寄愁去。

安公子

急雨惊鸣瓦，转檐风叶纷如洒。闭户青山飞不去，对沧洲屏画。换眼底衰红败翠供愁写。窥冷檠半落吟边灺。正酒醒无寐，怊怅京书题罢。　到此沉沉夜，为谁清泪如铅泻？梦想铜驼歌哭地，送西园车马。叹去后阑干一霎花开谢，空怨啼望帝春魂化。算岁寒南鹤，解道尧年旧话。

六　丑芙蓉谢后作

又年芳催老，悄立遍阑干危碧。怨花后期，无言花暗泣，軃地谁惜？更洒黄昏雨，水环风佩，数断红消息。罗裳自染秋江色。缌帐才遮，珠茵旋积。盈盈怎堪攀摘？只轻朱薄粉，愁上簪帻。　西园霜夕，照清池宴席。步绮凌波地，成往迹。尊前换尽吟客。纵仙城梦见，玉颜非昔。钗钿坠似曾相识。终不向一镜东风媚晚，鬓边狼藉。飘零恨独在江国。怕旧题锦段重重泪，无人赠得。

庆春宫 冬绪羁吟

红叶家林，苍烟邻寺，岁残未了秋声。门柳鸦寒，庭莎蛩老，浸霜月气冥冥。夜窗灯晕，镇摇落山、川旧情。伤心年事，何限繁华，不抵飘零。　追思结客幽并，连骑云骄，看剑星横。谁分萧条，哀时词赋，过江无泪堪倾。暮鸿天远，奈重拍、燕歌自惊。一生怊怅，拚与江南，空老兰成。

庆春宫

同羁夜集，秋晚叙意。

霜月流阶，芜烟衔苑，戍笳愁度严城。残雁关山，寒蛩庭户，断肠今夜同听。绕阑危步，万叶战风、涛自惊。悲秋身世，翻羡垂杨，犹解先零。　行歌去国心情，宝剑凄凉，泪烛纵横。临老中原，惊尘满目，朔风都作边声。梦沉云海，奈寂寞、鱼龙未醒。伤心词客，如此江南，哀断无名。

【评】

叶恭绰曰：长歌当哭。（《广箧中词》二）

永遇乐

春夜梦落梅，感忆，因题。

江驿迢迢，片时枕上，春事如许！乱插晴宵，低横野水，凄断东风主。枝北枝南，眼看摇落，不为翠禽啼住。揽遗芳璚瑰满抱，觉来顿成今古！　　虚堂酒醒，倾城消息，误尽故山风雨。玉砌雕阑，伤心还见，系马郊园树。人间空有，晓寒一曲，谁信隔纱烟语？恁凄凉南楼夜笛，送春旧处。

【评】

叶恭绰曰：故国之思。（《广箧中词》二）

杨柳枝 八首录五　赋小城梅枝

其一

谁家笛里返生香？倾国风流解断肠。头白伤春无限思，不应此树管兴亡。

其二

到地春风不肯闲，南枝吹尽北枝残。吴宫多少伤心色，占得墙东几尺山！

其三

采香径里晚烟空，濯粉池边晓露丛。一样故宫春寂寞，可怜无地著东风！

其四

缟衣月下见前身，隔世惊逢绝世人。怊怅溪南数枝雪，为谁开落与江春？

其七

万枝寒玉照溪桥，鹤语今年雪未销。自占东风故城曲，凄凉烟月属前朝。

以上郑文焯词二十一首，录自仁和吴氏双照楼刊本《樵风乐府》。

【集评】

俞樾曰：论其身世，微类玉田，其人与词，则雅近清真、白石。

又曰：君词体洁旨远，句妍韵美。（《瘦碧词序》）

文焮曰：从弟小坡，少工侧艳，而不尽协律。南游十年，学琴于江夏李复翁，讨论古音，乃大悟四上竞气之恉，于乐纪多所发明。故其为词声出金石，极命风谣，感兴微言，深美闳约，如杨守斋所讥“转折怪异，成不祥之音”者，庶几免与。（《箧中词续》三）

易顺鼎曰：追撢两宋，精辨七始，扶微睎奥，梳栉披奏，听于无声，眇忽成律，使乐官比响，不累于咏歌，文士摛华，靡淆于弦笛，故能郁伊善感，和平荡听。（同上）

谭献曰：《瘦碧词》研讨声律，辟灌光气，梦窗善学清真。（同上） 又曰：《瘦碧词》持论甚高，摛藻绮密，由梦窗以跂清真，近时作手，颇难其匹。（《复堂日记》）

冒广生曰：铁岭郑叔问舍人，为兰坡中丞之子。家世兰锜，累叶通显。叔问独羁栖吴下，为东诸侯宾客。其神致清朗，怀抱冲远，真卫洗马一流人物。所著《瘦碧》《冷红》诸词，规抚石帚，即制一题，下一字，亦不率意。本朝词家虽多，若能研究音律，深明管弦声数之异同，上以考古燕乐之谱者，凌次仲外，此为仅见。（《小三吾亭词话》卷二）

叶恭绰曰：叔问先生，沉酣百家，撷芳漱润，一寓于词，故格调独高，声采超异，卓然为一代作家。读者知人论世，方益见其词之工。（《广箧中词》二）

夏孙桐

夏孙桐，字闰枝，一字悔生，晚号闰庵，江苏江阴人。咸丰七年(一八五七)四月二十二日生。光绪壬辰(一八九二)进士，授编修，历任湖州、宁波、杭州知府。民国初入清史馆，嘉、道、咸、同四朝臣工列传及循吏、艺术两汇传，凡一百卷，并出其手。又佐徐世昌辑《晚晴簃诗汇》及《清儒学案》。民国三十年(一九四一)十二月二十二日卒，年八十五。著有《观所尚斋文存》及《悔龛词》二卷。(以上据关赓麟撰行状)孙桐与朱祖谋为儿女亲家，祖谋尝言其从事倚声，实由孙桐诱导云。《悔龛词》收入《沧海遗音集》，续稿有龙氏忍寒庐刊本。

绛都春

分咏京师词人第宅，得纳兰容若渌水亭。

莲凋渚晚。问缑岭堕音，吹笙人远。豹尾退闲，蜗角幽栖依琼苑。重光词笔同凄怨，恁抱膝、繁华轻遣。倚阑曾是，梨花落后，望春深浅。　一片，璇流漱碧，绕鸳甃、似带烟萝空眷。花底著书，席上题襟多英彦。乌衣三度朱门换，只谢墅、巢痕寻燕。邈然裙屐承平，梦华痕断。

瑞龙吟

崇效寺看牡丹，用清真韵。

城南路，还见绣陌横芜，绀墙皲树。名花偏傍空王，石坛净扫，来寻胜处。　小延伫，无恙笑春人面，暖风当户。酣香染御仙衣，鞞烟簇簇，翩翻欲语。　多少繁华姚、魏，酒阑云散，销歌沉舞。难得过门相呼，游侣如故。钿车锦障，都入伤心句。僧寮外茶烟歇影，苔茵迟步。寸寸斜阳去。何人向说，凭阑意绪？春事留残缕。休更问明朝无端风雨，对花慰藉，燕雏相絮。

南楼令 秋怀次韵

残叶下寒阶，秋风震旅怀。话莼鲈空自低回。莽莽神州兵气亘，听不得，泽鸿哀。　夕照澹金台，销沉几霸才。对霜天尊酒悲来。丛菊漫淹词客泪，偏多傍，战场开。

以上夏孙桐词三首，录自《悔龛词》及《悔龛词续》。

朱孝臧

朱孝臧，一名祖谋，字古微，号沤尹，又号彊邨，浙江归安人。咸丰七年（一八五七）丁巳七月二十一日生。举光绪壬午（一八八二）乡试，明年，成二甲一名进士，改庶吉士，授编修，屡擢至侍讲学士、礼部侍郎。甲辰（一九〇四），出为广东学政，与总督龃龉，引疾去。回翔江海之间，揽名胜，结儒彦自遣。民国辛未年（一九三一）十一月二十二日，卒于上海，年七十五。归葬吴兴道场山麓。孝臧始以能诗名，及官京师，交王鹏运，弃而专为词，勤探孤造，抗古迈绝，海内归宗匠焉。晚处海滨，身世所遭，与屈子泽畔行吟为类。故其词独幽忧怨悱，沉抑绵邈，莫可端倪。尝校刻唐、宋、金、元人词百六十余家为《彊邨丛书》，又辑《湖州词徵》二十四卷，《国朝湖州词徵》六卷，《沧海遗音集》十三卷，学者奉为宝典。其自为词，经晚岁删定为《彊邨语业》二卷，身后其门人龙沐勋为补刻一卷，入《彊邨遗书》中。（参阅《彊邨遗书》附录陈三立撰《朱公墓志铭》及夏孙桐撰行状）

鹧鸪天

九日，丰宜门外过裴邨别业。

野水斜桥又一时，愁心空诉故鸥知。凄迷南郭垂鞭过，清苦西峰侧帽窥。　新雪涕，旧弦诗，愔愔门馆蝶来稀。红萸白菊浑无恙，只是风前有所思。

【本事】

龙沐勋曰：此为刘光第被祸后作。刘为六君子之一，死戊戌

之变。(《词学季刊》第一卷第三号)

乌夜啼 同瞻园登戒坛千佛阁

春云深宿虚坛，磬初残，步绕松阴双引出朱阑。吹不断，黄一线，是桑干，又是夕阳无语下苍山。

鹧鸪天 庚子岁除

似水清尊照鬓华，尊前人易老天涯。酒肠芒角森如戟，吟笔冰霜惨不花。　抛枕坐，卷书嗟，莫嫌啼煞后栖鸦。烛花红换人间世，山色青回梦里家。

声声慢

辛丑十一月十九日，味聃赋《落叶词》见示，感和。

鸣螿颓墄，吹蝶空枝，飘蓬人意相怜。一片离魂，斜阳摇梦成烟。香沟旧题红处，拚禁花憔悴年年。寒信急，又神宫凄奏，分付哀蝉。　终古巢鸾无分，正飞霜金井，抛断缠绵。起舞回风，才知恩怨无端。天阴洞庭波阔，夜沉沉流恨湘弦。摇落事，向空山休问杜鹃。

【本事】

龙沐勋曰：此为德宗还宫后恤珍妃作。“金井”二句谓庚子西幸时，那拉后下令推堕珍妃于宫井，致有生离死别之悲也。(《彊邨本事词》)

木兰花慢 送陈伯弢之官江左

听枯桐断语，识君恨，十年迟。正溅泪花繁，迷归燕老，春去多时。相携，梦华故地，怪单衣无路避尘缁。锦瑟看承暂醉，白头吟望低垂。　差差，津馆柳成丝，离绪费禁持。问何计消磨，夕阳宦味，逝水心期？鸱夷，旧狂漫理，已沉阴江表杜鹃啼。莫上吴台北望，斜烟乱水凄迷。

阮郎归

月夜维舟楞伽峡，山水幽敻。孟东野《石龙涡诗序》云：“四壁千仞，散泉如雨。”仿佛遇之。

千薸无蒂着岩坳，飞帘喷雪消。湿云双束怒厓高，春湍不敢豪。　烟橹阁，水灯飘，幽猿三两号。骖鸾仙路夜谁招？月华摇凤箫。

烛影摇红

晚春过黄公度人境庐，话旧。

春暝钩帘，柳条西北轻云蔽。博劳千啭不成晴，烟约游丝坠。狼藉繁樱刬地，傍楼阴东风又起。千红沉损，鹎鵊声中，残阳谁系？　容易消凝，楚兰多少伤心事。等闲寻到酒边来，滴滴沧洲泪。袖手危阑独倚，翠蓬翻冥冥海气。鱼龙风恶，半折芳馨，愁心难寄。

摸鱼子

梅州送春，时得辇下故人三月几望书。

近黄昏悄无风雨，蛮春安稳归了。匆匆染柳熏桃过，赢得锦笺凄调。休重恼，问百五韶光，酝造愁多少？新颦旧笑，有折绣池台，迷林莺燕，装缀半残稿。　流波语，飘送红英最好，西园沉恨先扫。天涯别有凭阑意，除是杜鹃能道。归太早！何不待倚帘人共东风老？消凝满抱。恁秉烛呼尊，绿成阴矣，谁与玉山倒？

浣溪沙

翠阜红厓夹岸迎，阻风滋味暂时生，水窗官烛泪纵横。　禅悦新耽如有会，酒悲突起总无名，长川孤月向谁明？

唐多令

廊荫转疏槐，圆蟾明上阶，倚空尊凉梦徘徊。多少清湘瑶瑟怨，几曾有，鹤飞来？　灯萼半成灰，短书千里回，报岩扃晚桂都开。前度凭阑人换尽，问何事，恋天涯？

减字木兰花 八首录二

舟溯湟江，风雨凄戾，交旧存没之感，纷有所触，辄缀短韵，适踵“八哀”，非事诠择也。

其五

盟鸥知否？身是江湖垂钓手。不梦黄粱，卷地秋

涛殿卧床。　楚宫疑事，天上人间空雪涕。谁诏巫阳？被发中宵下大荒。（富顺刘裴邨光第）

其八

剑头微吷，海水刺天漂热血。惨月中庭，谁解张弦受广陵？　富春一角，零乱岩花朱鸟啄。白首何归？山色无人问是非。（桐庐袁重黎昶）

夜飞鹊

香港秋眺，怀公度。

沧波放愁地，游棹轻回，风叶乱点行杯。惊秋客枕，酒醒后，登临倦眼重开。蛮烟荡无霁，飐天香花木，海气楼台。冰夷漫舞，唤痴龙直视蓬莱。　多少红桑如拱，筹笔问何年，真割珠厓？不信秋江睡稳，掣鲸身手，终古徘徊。大旗落日，照千山劫墨成灰。又西风鹤唳，惊笳夜引，百折涛来。

祝英台近 钦州天涯亭梅

掩峰屏，喧石濑，沙外晚阳敛。出意疏香，还斗岁华艳。暄禽啼破清愁，东风不到，早无数繁枝吹淡。　　已凄感，和酒飘上征衣，莓鬓泪千点。老去难攀，黄昏瘴云黯。故山不是无春，荒波哀角，却来凭天涯阑槛。

清平乐 夜发香港

舷灯渐灭，沙动荒荒月。极目天低无去鹘，何处中原一发？　　江湖息影初程，舵楼一笛风生。不信狂涛东驶，蛟龙偶语分明。

庆春宫 结草庵拜半塘翁殡宫作

颓堞衔烟，昏钟阁水，野鹃唤近清明。华表羁魂，黄垆吟伴，暗尘房槛深扃。断云玉笥，感词客依稀有灵。新腔愁倚，一盏泉华，还荐芳馨。　　哀弦冻折谁听？凄唳修萝，山鬼逢迎。蓬岛尘狂，芝田日晏，梦游翻羡骑鲸。泪珠千斛，拚一向寒原纵声。孤留何事？身世浮沤，休问残僧。

洞仙歌 丁未九日

无名秋病，已三年止酒，但买萸囊作重九。亦知非吾土，强约登楼，闲坐到淡淡斜阳时候。　浮云千万态，回指长安，却是江湖钓竿手。衰鬓侧西风，故国霜多，怕明日黄花开瘦。问畅好秋光落谁家？有独客徘徊，凭高双袖。

小重山 戊申中秋作

翠湿篁阴小阁寒。酒消浑不耐，越罗单。水蘋风起烛枝残。惊禽去，捎响碧琅玕。　投老卧云关。眼中尘事满，素心难。天涯作计理孤欢。无情月，三度病中看。

月下笛 闻促织感赋

冷月墙阴，凄凄碎响，替秋言语。羁人听汝，咽愁丝，黯无绪。空阶都是伤心地，恁禁得衰灯断雨。正宵碪四起，霜弦孤曳，宛转催曙。　愁误，金笼住。伴落叶长门，枕函慵诉。回纹罢织，旧家零乱机杼。西风凉换人间世，问憔悴王孙几度？等闲是变了潘郎发，梦寄谁去？

洞仙歌过玉泉山

残山剩帻，悄不成游计。满马西风背城起。念沧江一卧，白发重来，浑未信禾黍离离如此！　玉楼天半影，非雾非烟，消尽西山旧眉翠。何必更繁霜，三两栖鸦，衰柳外斜阳余几？还肯为愁人住些时，只呜咽昆池，石鳞荒水。

水龙吟麦孺博挽词

峨如千尺崩松，破空雷雨飞无地。京华游侠，山林栖遁，斯人憔悴。一暝随尘，九州来日，谅非吾事。正苍黄急劫，推枰撒手，浑不解，茫茫意。也识彭殇一例，怆前尘飙轮弹指。长城并马，沧溟击楫，穷秋万里。归卧荒江，中宵破梦，惨春衰涕。更《大招》愁赋，湘魂纵返，甚人间世？

高阳台

花朝渝楼，同蒿叟作。

短陌飞丝，长波皱曲，市帘江柳争青。中酒年光，买春犹是旗亭。彩幡长记花生日，甚绿窗儿女心情。尽安排，画桁吴缣，钿阁秦筝。　白头未要相料理，要哀吟狂醉，消遣余生。无主东风，博劳怨不成声。朦胧几簇东阑雪，算今年又看清明。怕相逢，社燕归来，还诉飘零。

摸鱼子

马鞍山访龙洲道人墓。山在昆山县西北隅。

占城阴颓云一角，有人持恨终古。书生满眼神州泪，凄断海东烟雾。坟上土，怕有酒能浇，踢遍桥南路。英游迟汝。向笙鹤遥空，不逢骞、广，心事更谁诉？　天难问，身世儒冠误否？凭渠笔力牛弩。铜琶无分“中兴乐”，消受此生栖旅。凭吊处，剩破帽疲驴，怅望千秋去。啼鹃最苦！要无主青山，有灵词客，来听断肠语。（自注：“行到桥南无酒卖，老天犹困英雄。”龙洲词断句也。苏绍叟忆刘改之词：“任槎上张骞，山中李广，商略尽风度。”）

好事近 灵隐夜归蒋氏湖庄作

湖气郁衣巾，步入宝坊林月。耐得山亭泉冷，信肝肠如雪。　　出山十里蟪蛄声，闻根甚时歇？据槁安心随地，又南邻钟发。

摸鱼子 龙华看桃花

懒能探劫余芳信，年年闲了游骑。只林依旧霞千树，娇入上春罗绮。红十里，还一掩一层，淡沱烟光里。东风旋起。悄不似仙源，将家小住，便作避秦计。　　玄都梦，消与金门游戏，梦回惆怅何世！华鬘天也无香色，说甚道场兴废？空徙倚，怕轻薄芳姿，未省伤春意。刘郎倦矣！任题遍花笺，都无好语，剩溅感时泪！

小重山 晚过黄渡

过客能言隔岁兵，连村遮戍垒，断人行。飞轮冲暝试春程。回风起，犹带战尘腥。　　日落野烟生。荒萤三四点，淡于星。叫群创雁不成声。无人管，收汝泪纵横。

齐天乐

乙丑九日，庸庵招集江楼。

年年消受新亭泪，江山太无才思。戍火空村，军笳坏堞，多难登临何地？霜飙四起，带惊雁声声，半含兵气。老惯悲秋，一尊相属总无味。　登楼谁分信美，未归湖海客，离合能几？明日黄花，清晨白发，飘渺苍波人事。茱萸旧赐，望西北浮云，梦迷醒醉。并影危阑，不辞轻命倚。

隔溪梅令

己巳元日，赋示诘禅。

换年箫鼓沸邻东，故情空。镜里凋颜不媚烛花红，思悲今已翁！　闲门芳信比人慵。问东风：留命伤春深浅酒杯中，去年同不同？

木兰花慢 感春和苍虬

问东阑瘦雪，尚消得，几清明？是拆绣楼台，差池燕羽，佻巧鸠鸣。金铃未知系处，更苍苔颠倒藉红英。禁断寻芳意绪，交加中酒心情。　　多生，有客惜香盟，愁检瘗花铭。潮数尽番风，强扶倭堕，还忍伶俜。阴晴，问春未准，怕到头开落总无声。梦里催归杜宇，香车不劝逢迎。

南乡子

病枕不成眠，百计湛冥梦小安。际晓东窗鶗鴂唤，无端，一度残春一惘然！　　歌底与尊前，岁岁花枝解放颠。一去不回成永忆，看看，唯有承平与少年。

浣溪沙 元夕枕上作

连夕东风结苦阴，通明帘幕却偎衾，病躯无复酒怀侵。　　止药强名今日愈，探芳越减去年心，月华人意两冥沉。

汉宫春

真茹张氏园，杜鹃盛开。后期而往，零落殆尽。歌和榆生。

凄月三更，有思归残魄，啼噣能红。伤春几多泪点，吹渲阑东。绡巾搵湿，试潮妆微发琼钟。新敕赐，一窠瑞锦，昭阳临镜犹慵。　携榼却悭才思，惹津桥沉恨，撩乱花茸。芳华惯禁闲地，不怨东风。鹤林梦短，委孤根竹裂山空。三嗅拾馨香细泣，何时添谱珍丛？

渡江云

望苍虬不至，倚此致怀。

春装喧远素，倚楼倦睫，雁外数南程。旧京花事减，去住无端，坐阅柳条青，催人怨鸩，背夜月啼到无声。何计寻？白头料理，聚散隔年情。　消凝，炉烟依恋，药里流连，分萍蓬不定。浑未忘延秋湖舸，话雨床灯。心魂老去须相守，办岁寒尊酒平生。吟望苦，终期共惜伶俜。

以上朱孝臧词三十三首，录自《彊邨遗书》本《彊邨语业》。

【集评】

张尔田曰：先生所为词，跨常迈浙，凌厉跞朱，逌然而龙鸾翔，图然而兰茝发。拟之有宋，声与政通，如范、如苏、如欧阳，深文而隐蔚，远旨而近言，三薰三沐，尤近觉翁。(《彊邨遗书序》）又曰：侍郎词晚年颇取法于苏。(《龙榆生忍寒词序》） 又曰：古丈晚年词，苍劲沉着，绝似少陵夔州后诗。(《与龙榆生论彊邨词书》）

夏敬观曰：侍郎词蕴情高夐，含味醇厚，藻采芬溢，铸字造辞，莫不有来历，体涩而不滞，语深而不晦，晚亦颇取东坡以疏其气。(《忍寒词序》）

王国维曰：近人词如复堂词之深婉，彊邨词之隐秀，皆在半塘老人上。彊邨学梦窗，而情味较梦窗反胜，盖有临川、庐陵之高华，而济以白石之疏越者，学人之词，斯为极则。然古人自然神妙处，尚未见及。(《人间词话》下）

冒广生曰：归安朱古微侍郎，中岁始填词，而风度矜庄，格调高简。王幼遐云："世人知学梦窗，知尊梦窗，皆所谓但学兰亭之面；六百年来，真得髓者，古微一人而已。"(《小三吾亭词话》卷二）

叶恭绰曰：彊邨翁词，集清季词学之大成，公论翕然，无待扬榷。余意词之境界，前此已开拓殆尽，今兹欲求于声家特开领域，非别寻涂径不可。故彊邨翁或且为词学之一大结穴，开来启后，应有继起而负其责者，此今日论文学者所宜知也。(《广箧中词》二）

况周颐

况周颐，原名周仪，字夔笙，号蕙风，广西临桂人，原籍湖南宝庆。咸丰九年（一八五九）九月初一日生。以优贡生中式光绪五年（一八七九）乡试，官内阁中书。嗜倚声，与同里王鹏运共晨夕，于所作多所规诫，自是寝馈其间者五年。南归后，两江总督张之洞、端方先后延之入幕。晚居上海，以鬻文为活。民国十五年丙寅（一九二六）七月十八日卒，年六十八。葬湖州道场山。有词九种，合刊为《第一生修梅花馆词》，后又删定为《蕙风词》一卷，其门人赵尊岳为刊于《蕙风词话》后。周颐以词为专业，致力五十年，特精评品。所为词话，朱祖谋推为绝作云。（参阅冯开《况君墓志》及余旧撰《清季四大词人》）

苏武慢 寒夜闻角

愁入云遥，寒禁霜重，红烛泪深人倦。情高转抑，思往难回，凄咽不成清变。风际断时，迢递天涯，但闻更点。枉教人回首，少年丝竹，玉容歌管。　凭作（去）出百绪凄凉，凄凉惟有，花冷月闲庭院。珠帘绣幕，可有人听？听也可曾肠断？除却塞鸿，遮莫城乌，替人惊惯。料南枝明月，应减红香一半。

【评】

王国维曰：境似清真，集中他作，不能过之。（《人间词话》

下） 叶恭绰曰："珠帘绣幕"三句，乃夔翁所最得意之笔。（《广箧中词》二）

摸鱼儿 咏虫

古墙阴夕阳西下，乱虫萧飒如雨。西风身世前因在，尽意哀吟何苦？谁念汝？向月满花香，底用凄凉语？清商细谱。奈金井空寒，红楼自远，不入玉筝柱？ 闲庭院，清绝却无尘土，料量长共秋住。也知玉砌雕阑好，无奈心期先误！愁谩诉，只落叶空阶，未是消魂处。寒催堠鼓。料马邑龙堆，黄沙白草，听汝更酸楚。

水龙吟

己丑秋夜，赋角声《苏武慢》一阕，为半唐所击赏。乙未四月，移寓校场五条胡同，地偏宵警，呜呜达曙，凄彻心脾。漫拈此解，颇不逮前作，而词愈悲，亦天时人事为之也。

声声只在街南，夜深不管人憔悴。凄凉和并，更长漏短，彀人无寐。灯炧花残，香消篆冷，悄然惊起。出帘栊试望，半珪残月，更堪在，烟林外！愁入阵云天末，费商音无端凄戾。鬓丝搔短，壮怀空付，龙沙万里。莫谩伤心，家山更在，杜鹃声里。有啼乌见我，空阶独立，下青衫泪。

减字浣溪纱 九首录二

余赋樱花词屡矣，率羌无故实。偶阅黄公度《日本杂事诗注》及日人原善公道《先哲丛谈》，再占此九调。时乙卯大暑前一日。

其二

万里移春海亦香，五云扶舰渡花王，从教彩笔费平章。　萼绿华尤标俊赏，（绿者尤娟倩）藐姑射不竞浓妆，遍翻芳谱只寻常。

其六

舜水祠堂璨雪霞，广平铁石赋梅花，葛薇身世一枯槎。　红树仙源仍世外，彩幡春色换邻家，过墙蜂蝶近纷挐。

定风波

未问兰因已惘然，垂杨西北有情天。水月镜花终幻迹，赢得，半生魂梦与缠绵。　户网游丝浑是罥，被池方锦岂无缘？为有相思能驻景，消领，逢春惆怅似当年。

曲玉管 忆虎山旧游

两桨春柔，重闉夕远，尊前几日惊鸿影。不道琼箫吹彻，凄感平生。忍伶俜。杳杳蘅皋，茫茫桑海，碧城往事愁重省。问讯寒山，可有无限伤情？作钟声。　换尽垂杨，只萦损天涯丝鬓。那知倦后相如，春来苦恨青青。楚腰擎。抵而今消黯，点检青衫红泪，夕阳衰草，满目江山，不见倾城。

【评】

叶恭绰曰：末三句亦所最自赏。（《广箧中词》二）

西子妆

蛾蕊颦深，翠茵蹴浅，暗省韶光迟暮。断无情种不能痴，替消魂乱红多处。飘零信苦，只逐水沾泥太误。送春归，费粉娥心眼，低徊香土。　娇随步。

着意怜花，又怕花欲妒。莫辞身化作微云，傍落英已歌犹驻。哀筝似诉，最肠断红楼前度。恋寒枝昨梦，惊残怨宇。

【评】

叶恭绰曰：怨断凄凉，意内言外。（《广箧中词》二）

减字浣溪纱 听歌有感

惜起残红泪满衣，它生莫作有情痴，人天无地著相思。　花若再开非故树，云能暂驻亦哀丝，不成消遣只成悲。

减字浣溪纱 二首

其一

风雨高楼悄四围，残灯黏壁淡无辉，篆烟犹袅旧屏帏。　已忍寒欺罗袖薄，断无春逐柳绵归，坐深愁极一沾衣。

其二

一向温存爱落晖，伤春心眼与愁宜，画阑凭损缕金衣。　　渐冷香如人意改，重寻梦亦昔游非，那能时节更芳菲？

以上况周颐词十一首，录自惜阴堂刊本《蕙风词》。

【集评】

王国维曰：蕙风词小令似叔原，长调亦在清真、梅溪间，而沉痛过之。彊邨虽富丽精工，犹逊其真挚也。天以百凶成就一词人，果何为哉？（《人间词话》下）

叶恭绰曰：夔笙先生与幼遐翁崛起天南，各树旗鼓。半塘气势宏阔，笼罩一切，蔚为词宗；蕙风则寄兴渊微，沉思独往，足称巨匠；各有真价，固无庸为之轩轾也。（《广箧中词》二）

汪兆镛

汪兆镛，字伯序，号憬吾，广东番禺人，原籍浙江山阴。咸丰十一年（一八六一）生。光绪十五年（一八八九）举于乡，两应礼部试，不售，遂南归，为人佐治。辛亥后侨居澳门，闭户撰述。尝受业陈澧门下，治经、治史，一以师说为归。民国二十八年（一九三九）卒，年七十九。著有《晋会要》《碑传集》《微尚斋诗文集》《雨屋深灯词》等。（参阅张尔田撰《汪君墓志铭》）

忆旧游 登韶州九成台

隐林梢半角，危榭荒台，蹋碎凉烟。无限苍茫意，恰泠泠虚籁，飞到吟边。晚风暗吹双鬓，秋影不堪怜。念津鼓敲寒，邮灯煮梦，销损华年。　留连，感今古，问法曲南薰，遗响谁传？剩平芜残照，添数丝衰柳，摇落山川。怅触天涯情绪，凄咽答幽蝉。休更计明宵，疏篷冻雨人独眠。

【评】

叶恭绰曰：神似玉田。（《广箧中词》三）

柳梢青

雨暗烟昏，故园何处？花落成茵。几日离愁，闲抛笛谱，懒拂筝尘。　尽教燕去莺嗔，休忘却东风旧因。梦里还寻，愁边独写，忍说残春？

【评】

叶恭绰曰：欲言不尽。（《广箧中词》三）

蝶恋花

榆生以咏木棉词见示，奉和一阕。（广州北城，跨粤秀山，山多红棉，暮春花时，照耀雉堞间，伟丽绝胜。闻山中人云："二十年来，林壑陊贸，非承平日风景矣！"）

霸气销沉山嵽嵲。望极愁春，春酿花如血。照海烧空夸独绝，东风笑客谁堪折？　一片芜城都饱阅。火树年年，摇落清明节。听取鹧鸪啼木末，画情空忆山樵说。（木棉一名烽火树。乾隆间，粤人郭乐郊善画木棉鹧鸪，黎二樵喜作红棉碧嶂图，一时齐名。）

以上汪兆镛词三首，录自《雨屋深灯词》及《词学季刊》。

【集评】

夏敬观曰：憬吾词致力姜、辛，自抒怀抱，其品概亦今日之邝湛若也。（《忍古楼词话》）

俞陛云

俞陛云，字阶青，浙江德清人。同治七年戊辰(一八六八)三月十七日生。祖樾，近代经师。陛云承家学，光绪戊戌(一八九八)科会试成进士，殿试一甲三名及第，授编修。壬寅(一九〇二)出任四川乡试副考官，著《入蜀驿程记》。辛亥后，寄寓北京，一九五〇年十月十二日卒，年八十三。刊有《乐静词》。

浣溪沙二首

其一

风皱柔怀水不如，碧城消息近来疏，嫩凉人意倦妆梳。　　锦幄明灯鸳索梦，文梁斜日燕窥书，瞢腾浑不信当初。

其二

莫向流萍托爱根，侵阶罗袜怨黄昏，单衾残烛与温存。　　风定流尘栖绣榻，街空斜月掩朱门，秾华如水澹留痕。

高阳台

辛巳岁，先室绚华，侍祖外舅彭刚直公归衡阳。时余年十四，妇年十六。舟发胥江，依依惜别，为第一度分襟处。三十年来，伤离感逝之怀，焉得逢人而语？黄陵瑶瑟，飚乘仙女之踪；玄武明珠，泪结相思之字。野水孤帆，城阴一角，夕阳无语，离思当年，低回独喻云。

崎岸无人，乱山如梦，重来尽耐思量。乍展情芽，娇憨骑竹年光。关河未识天涯远，只难禁酸沁回肠。掩离觞，忍泪低鬟，已湿罗裳。　嘘寒问暖寻常语，到临歧嘱付，垂老难忘。小坐迁延，一双人影斜阳。卅年绮恨飘风过，剪秋灯谁话沧桑？向横塘，淡月昏烟，独雁回翔。

浣溪沙 重过陶然亭

山色林光一碧收，小车穿苇宛行舟，退朝裙屐此淹留。　衰柳有情还系马，夕阳如梦独登楼，题墙残字藓花秋。（庚寅春，偕宗子戴、姜颖生诸君来游，见西墙有雪珊女史题句云："柳色随山上鬓青，白丁香折玉亭亭。天涯写遍题墙字，只怕流莺不解听。"三十载重游，旧题已漫漶矣。）

浣溪沙 忆苕溪旧游　三首

其一

偃月桥西曲港通，贪看山色屡支篷，轻衫凉约野

浣溪沙（山色林光一碧收）

塘风。　　菜陇割苗环稚子，蔗田舞杖醉村翁，近乡人语乐年丰。

其二

数点蘋花映钓矶，几弯桑径隐柴扉，溪中云影逐帆飞。　　秋水黄攲渔簖竹，朝阳红晒舵楼衣，乡园风物总依依。

其三

薄晚轻舟任所之，沿流村屋上灯迟，归鸦占尽绿杨枝。　　芳草久荒高士宅，残花犹发女郎祠，夕阳吟望自移时。

以上俞陛云词七首，录自家刊本《乐静词》。

赵 熙

赵熙，字尧生，号香宋，四川荣县人。同治六年丁卯(一八六七)九月十三日子时生。光绪庚寅(一八九〇)进士，授编修，转江西道监察御史，以抗直敢言，著称清季。工诗，善书，间亦作画。诗篇援笔立就，风调冠绝一时。偶撰戏词，传播妇孺之口。喜奖掖后进，不为崖岸。蜀中遭乱，寇盗不敢侵，人以拟之"郑公乡"云。民国三十七年(一九四八)九月二十七日(阴历八月二十五申时)卒于故里，年八十二。熙素不填词，壬子自沪归里后，于六百日中，成《香宋词》三卷，丁巳(一九一七)刊于成都，自后绝不复作。诗篇随手散落，有手写《峨眉纪行诗》，曾影印行世，传本甚稀。近由其门人周善培、江庸等辑录遗稿，排印为《香宋诗前集》二册，亦非其全也。

三姝媚 下平羌峡

凉烟秋满灞，出平羌山光水光如画。近绿遥青，衬小滩蓑笠，夕阳桑柘。雁路高寒，闲动了江湖情话。半世天涯，无福移家，海棠香社。　前渡嘉州来也！指竹里龙泓，酒乡鸥榭。一段天西，想万苍千翠，定通印雅。断塔林梢，诗思在乌尤山下。淡淡青衣渔火，寒钟正打。

【评】

叶恭绰曰：诗人之词。(《广箧中词》三)

甘　州 寺夜

任西风吹老旧朝人，黄花十分秋。自江程换了，斜阳瘦马，古县龙游。归梦今无半月，蔬菜满荒丘。一笠青山影，留我僧楼。　次第重阳近也！记去年此际，海水西流。问长星醉否？中酒看吴钩。度今宵、雁声微雨，赖碧云红叶识乡愁。清钟动，有无穷事，来日神州。

【评】

叶恭绰曰：苍秀入骨。（《广箧中词》三）

婆罗门令

两月来蜀中化为战场，又日夜雨声不绝，楚人云："后土何时而得干也！"山中无歌哭之地，黯此言愁。

一番雨滴心儿碎，番番雨便滴心儿碎。雨滴声声，都妆在心儿里。心上雨干甚些儿事？　今宵滴声又起，自端阳已变重阳味。重阳尚许花将息，将睡也，者天气怎睡？问天老矣，花也知未？雨自声声未已，流一汪儿水，是一汪儿泪！

以上赵熙词三首，录自《香宋词》。

【集评】

夏敬观曰：香宋词芬芳悱恻，骚、雅之遗，固非詹詹小言也。（《忍古楼词话》）

桂念祖

桂念祖，一名赤，字伯华，江西德化人。同治八年（一八六九）生，与夏敬观同师皮锡瑞，经学词章，根柢深厚。光绪丁酉（一八九七）中副举。以甲午（一八九四）受刺激，戊戌（一八九八）从康、梁变政，主沪萃报馆。梁启超离湖南，举念祖代时务学堂讲席。未行而难作，念祖匿于乡，旋趣金陵，依杨文会学佛。嗣后留学日本十余年，民国四年（一九一五）三月五日客死。临终，自撰挽联云："无限惭惶，试回思曩日壮心，只余一恸。有何建白？惟收拾此番残局，准备重来。"（参考《忍古楼词话》及欧阳渐撰《桂伯华行述》）遗词收入《艺蘅馆词选》者三首，连《忍古楼词话》所载，共六首而已。

临江仙

落尽红英千点，愁攀绿树千条。云英消息隔蓝桥。袖间今古泪，心上往来潮。　懊恼寻芳期误，更番怀远诗敲。灵风梦雨自朝朝。酒醒春色暮，歌罢客魂消。

【评】

叶恭绰曰：语含哲理，诗杂仙心。（《广箧中词》二）

菩萨蛮 读小山词

才华已为情销损，那堪又被多情困？珠玉女儿喉，新词懒入眸。　清愁消不得，梦入莲花国。方信断肠痴，断肠天不知。

以上桂念祖词二首，录自《艺衡馆词选》，依《广箧中词》及《忍古楼词话》校正。

张尔田

张尔田，一名采田，字孟劬，浙江钱塘人。同治十三年(一八七四)正月二十九日生。父上龢，曾从蒋春霖受词学，又与郑文焯为词画至交，侨寓苏州，著有《吴沤烟语》。尔田治史学及《俱舍论》甚深。清季官候补知府。民国初建，预修《清史》，旋任北京大学教授，晚为燕京大学国学总导师。民国三十四年(一九四五)阴历正月初七卒，年七十二。著有《史微》《玉溪生年谱会笺》《清史后妃传》《遁盦文集》等书。《遁盦乐府》一卷，刻入《沧海遗音集》。余为别刊二卷本，最为完备。(参阅《词学季刊》尔田撰《大鹤山人逸事》及夏敬观著《忍古楼词话》)

烛影摇红

晚春连雨，感怀。

轻暖轻寒，谢巢愁损双栖燕。东风只解绊杨花，往事和天远。半镜流红涴遍，荡愁心伤春倦眼。数峰窥户，约略残颦，一眉新怨。　寥落空尊，少年曾预西园宴。流光销尽雨声中，此恨凭谁遣？容易林禽又变，绿尘飞蔷薇弄晚。恹恹睡起，澹日花梢，无人庭院。

三姝媚

中秋夜，感遇成歌。

西堂残烛炧。荡帘波沉沉，镜天无罅。细浪芳尊，绕桂丛犹记，赏秋阑夜。露脚飞迟，双鬓妥花飘凉麝。望里琼空，依约年时，半灯蛩话。　　春老兰情衰谢。欢旧箧题香，怨红销帕。扇底圆姿，问故山眉意，淡蛾谁画？倦眼霄程，还自觑仙軿来下。那更苍龙侵晓，瑶台梦惹。

木兰花慢 尧化门车中作

倚軨天似醉，问何地，著羁才？看乱雪荒壕，春鹃泪点，残梦楼台。低徊笛中怨语，有梅花休傍故园开。燕外寒欺酒力，莺边暖阁吟怀。　　惊猜，鬓缕霜埃。杯暗引，剑空埋。甚萧瑟兰成，江关投老，一赋谁哀？秦淮旧时月色，带栖乌还过女墙来。莫向危帆北睇，山青如发无涯！

采桑子 史馆秋蓼

旧家池馆栽无地，一角墙东，画出霜容，澹到秋心不许红。　　夕阳著意相怜藉，媚尽西风，蝶梦烟空，明日登楼送塞鸿。

玉漏迟

古微丈逝世海上，读弁阳翁吊梦窗“锦鲸仙去”句，怆怀万端，即用其调，以当哀些。

乱离词客少！锦鲸仙去，鹤归华表。把酒生平，都是旧时言笑。零落霜腴润墨，流怨入江南哀调。春恨渺，十年心事，残鹃能道。　白头饱阅兴亡，又浅到红桑，海尘扬了！万里吞声，凄绝杜陵愁抱。归唱水云夜壑，料应比人间春好。鸥梦觉，沉沉卞峰残照。

声声慢

闲步郊原，追念彊邨翁，凄然成咏。

碧将山断，红带霞分，登临何限沾衣？醉后羊昙，西园处处花飞。芳洲已无杜若，便涉江欲采贻谁？还解佩，甚楚兰盈把，都化相思？　怕听黄垆碎语，几夜窗秉烛，惊梦犹疑。旧隐鸥边，如今应怅人非。飘零坠梅怨曲，尚泠泠海上心期。愁更远，抚霜鸿弹断素徽。

鹧鸪天 六十自述

六十明朝过眼新，镜中吟鬓老于真。寄生槐国原无梦，避世桃源岂有津？　　苍狗幻，白鸥驯，安排歌泣了闲身。百年垂死今何日？曾是开天乐世人！

石州慢

《上彊邨授砚图》，为榆生题。

蜕后哀蝉，珍重瓣香，词老亲敕。高情无著庵中，梦冷闲鸥成忆。药炉禅榻，几人夜半传衣，踏天直劃蟾蜍月。彩笔素心违，想吟边头白。　　休说，薰香红袖，谏草青蒲，旧家遗直。缁谱新声，流怨云腴能识。劝君携取，萧条异代吾师，晴窗长伴研朱滴。泼墨“雪川图”，满空江烟阔。

木兰花令

繁华催送，人世恍然真一梦。何处笙歌？水殿风来散败荷。　　饥乌啄肉，回首都亭三日哭。国破城空，残照千山泪点红。

满庭芳

丁丑九月，客燕京，书感。

照野江烽，连天海气，物华卷地休休！残阳一霎，怎不为人留？几点昏鸦噪晚，荒村外鬼火星稠。伤高眼，还同王粲，多难强登楼。　惊弓如塞雁，林间失侣，落影沙洲。便青山纵好，何处吾丘？夜夜还乡梦里，分飞阻重到无由？空城上，戍旗红闪，白日淡幽州。

浣溪沙

著意人前晕翠螺，娇多贪耍不成歌，长裙出水碾新荷。　斗帐罢熏添古刺，香轮催发响摩托，月明归路奈君何？

渡江云

僦园杂莳花木，颇有终焉之志，赋示榆生、瞿禅。

溪堂何处好？杂花手植，背郭俯晴郊。十年云海卧，自断音书，泛宅到渔樵。舟横野彴，渐梦落江雨春潮。兰径深，隔邻疏援，紫蔓上藤梢。　无聊，墙东遗世，塞北为家，任旁人一笑。休更惊羌村烽火，投老安巢。绿阴满地初宜夏，步水曲山鸟相招。沉醉语，生涯换得枯瓢。

以上张尔田词十二首，录自忍寒庐刊本《遁盦乐府》。

【集评】

夏敬观曰：君自遘世蹇屯，益励士节，勤撰述。其寓思于词也，时一倾吐肝肺芳馨，微吟斗室间，叩于窈冥，诉于真宰，心癯而文茂，旨隐而义正，岂余子所能几及哉？（《遁盦乐府序》）

叶恭绰曰：孟劬词渊源家学，濡染甚深，与大鹤研讨，复究极幽微，故所作亦具冷红神理。（《广箧中词》三）

陈　洵

陈洵，字述叔，广东新会人。少有才思，游江右十余年。晚岁教授广州中山大学。归安朱孝臧见其词，甚加推许，尝称新会陈述叔、临桂况夔笙为"并世两雄，无与抗手"。又为校印所著《海绡词》，并题句曰："雕虫手，千古亦才难。新拜海南为上将，试要临桂角中原，来者孰登坛？"亦见其推许之至矣。其后复收入《沧海遗音集》，共二卷。洵生性孤峭，少与顺德黄节善。番禺梁鼎芬每为扬誉，并称"陈词黄诗"。以同治十年（一八七一）生，民国三十一年（一九四二）五月初六卒于广州，年七十二。（参考黄节《海绡词序》及《同声月刊》第二卷第六号予所撰《陈海绡先生之词学》）尚有遗词一卷，待刊。

六　丑　木棉谢后作

正朱华照海，带碧瓦参差楼阁。故台更高，无风花自落，一梦非昨。过眼千红尽，去来歌舞，怨粉轻衣薄。青山客路鸪啼恶。泪断香绵，灯收雨箔。颓然旧游城郭，尚幢幢日盖，残霸天邈。　川盘岭礴，算孤根易托。顿有离家恨，何处著？争枝又闹群雀。似依依念定，惹茸曾约。芳韶好柳黄初啄。得知道一样天涯化絮，到头漂泊。山中事分付榴萼。笑燕子尚恋西园夜，春归未觉。

长亭怨慢

谭子端家燕巢复毁，再赋。

正飞絮人间无主，更听凄凄，碧纱烟语。梦迹空梁，泪痕残照有今古。托身重省，都莫怨狂风雨。自别汉宫来，眄故国平居何处？　且住？甚寻常客恨，也到旧家闲宇？天涯又晚，恐犹有野亭孤露。漫目断黯黯云樯，付村落黄昏衰鼓。向暗里销凝，谁念无多桑土？

瑞龙吟

庄头村花田，自五代迄今，盖亦地之韵者。余既来游，感叹今昔，托之于音。

是何世？依旧占水耕花，就桥通市。朝朝簪约裾盟，有情未免，多才尽费。　凝愁睇，情共露晞平晓，梦痕清沘。分携敛日墟烟，步波皱损，娇尘漫委。　偏称天涯芳怨，眼中今古，秋声还起。谁惜故山衰迟，吟畔憔悴。鲛绡罢织，愁迸蛮珠碎。伤心到无人为省，荒村年岁。换劫蔓华坠。海风卷尽，官斜废隧。须信吾乡美，终未比仙源桃花春水。感时倦客，空抛铅泪。

虞美人

芳菲冉冉辞鶗鴂，又作人间别。黄昏楼殿月冥蒙，一夜高寒相望断天风。　宫衣瘦尽苕华在，不信连环解。无情辽水自年年，只有雁飞犹见旧山川。

虞美人

夜阑炳烛，聊复命题。

兰成先自吟魂断，雁塞龙沙远。炉烟销尽始孤明，恰称天涯今夜此时情。　凄花飐飐流尘泊，惜别心如昨。曙窗谁为唤啼红？故国新霜帘幕梦华中。

风入松 重九

人生重九且为欢，除酒欲何言？佳辰惯是闲居觉，悠然想今古无端。几处登临多事，吾庐俯仰常宽。　菊花全不厌衰颜，一岁一回看。白头亲友垂垂尽，尊前问心素应难。败壁哀蛩休诉，雁声无限江山。

【评】

叶恭绰曰：沉厚转为高浑，此境最不易到。（《广箧中词》三）

水龙吟 丁卯除夕

春来准拟开怀，是谁不放残年去？寒更灯火，断魂依在，严城戍鼓。天北天南，一声归雁，有人愁苦。算寻常经过，今年事了，都休向，明朝语。
光景花前冉冉，倚东风从头还数。因循却怕，登临无地，夕阳如故。烂醉生涯，颓然自卧，懒歌慵舞。待鸣鸡唤起，白头簪胜，尽平生度。

南乡子

己巳三月，自郡城归乡，过区莘吾西园话旧。

不用问田园，十载归来故旧欢。一笑从知春有意，篱边，三两余花向我妍。　哀乐信无端，但觉吾心此处安。谁分去来乡国事，凄然，曾是承平两少年？

烛影摇红 沪上留别彊邨先生

鲈脍秋杯，树声一夜生离怨。趁潮津月向人明，还似当时见。芳草天涯又晚，送长风萧萧去雁。凄凉客枕，宛转江流，竭来孤馆。　头白相看，后期心数逡巡遍。此情江海自年年，分付将归燕。襟泪香兰暗泫，两无言青天望眼。老怀翻怕，对酒听歌，吴姬休劝。

宴山亭

辛未九日，与风余诸子风雨登高。

闲梦东篱，凄绝素心，暝色相携高处。残照翠微，旧月黄昏，佳约有时风雨。漫惜多阴，知道是秋光谁主？凝伫，曾旧识江山，看人无语。　还喜，身健登临，且随分清尊，慰秋良苦。漉巾爱酒，岸帻簪花，商略较谁风度？尽日停云，休更忆昔年亲故。迟暮，须料理幽居词赋。

玉楼春

酒边偶赋，寄榆生。

新愁又逐流年转，今岁愁深前岁浅。良辰乐事苦相寻，每到会时肠暗断。　山河雁去空怀远，花树莺飞仍念乱。黄昏晴雨总关人，恼恨东风无计遣。

以上陈洵词十一首，录自《沧海遗音集》本《海绡词》及未刊稿。

【集评】

朱孝臧曰：海绡词神骨俱静，此真能火传梦窗者。　又曰：善用逆笔，故处处见腾踏之势，清真法乳也。　又曰：卷二多朴遬之作，在文家为南丰，在诗家为渊明。（彊邨老人手批：《海绡词》）

张尔田曰：比阅近代词集颇多，自当以樵风为正宗，彊邨为大家也。述叔、吷盦，各有偏胜，无伤词体。阳阿才人之笔，苍虬诗人之思，降而为词，似欠本色。　又曰：苍虬颇能用思，不尚浮藻，然是诗意，非曲意，此境亦前人所未到者。述叔、吷盦，皆从词入，取径自别，但一则运典能曲，一则下笔能辣耳。（《与龙榆生论词书》）

叶恭绰曰：述叔词最为彊邨翁所推许，称为一时无两。述叔词固非襞积为工者，读之，可知梦窗真谛。（《广箧中词》三）

梁启超

梁启超，字卓如，号任公，广东新会人。清同治十二年(一八七三)正月二十六日生。为南海康有为弟子。光绪间，与有为鼓吹变法，世号“康梁”。戊戌政变后，亡命日本。民国初，一任财政总长，旋复漫游欧陆。晚岁主讲清华大学研究院，壹意著书。民国十八年(一九二九)一月十九日卒于北平，年五十六。有《饮冰室全集》，卷帙浩繁，附词一卷。

金缕曲

丁未五月归国，旋复东渡，却寄沪上诸子。

瀚海飘流燕，乍归来依依难认，旧家庭院。唯有年时芳俦在，一例差池双剪。相对向斜阳凄怨。欲诉奇愁无可诉，算兴亡已惯司空见。忍抛得，泪如线。

故巢似与人留恋。最多情欲黏还坠，落泥片片。我自殷勤衔来补，珍重断红犹软。又生恐重帘不卷。十二曲阑春寂寂，隔蓬山何处窥人面？休更问，恨深浅。

【评】

叶恭绰曰：“深心托豪素。”(《广箧中词》二)

以上梁启超词一首，录自《艺蘅馆词选》。

易孺

易孺，号大厂，又号韦斋，广东鹤山人。同治十三年（一八七四）三月十三日生。原名廷熹，字季复。早岁肄业广雅书院，为陈澧再传弟子。中年游学日本，习师范。旋从杨文会学佛。工诗、词、书、画，尤精篆刻。历任北京高等师范学校、上海音乐院教授。与萧友梅合作新体乐歌，盛行于民国初年。晚岁穷愁潦倒，民国三十年（一九四一）十一月初九卒于上海，年六十八。孺填词务为生涩，爱取周、吴诸僻调，一一依其四声虚实而强填之，用心至苦，自谓“百涩词心不要通”云。有写本《大厂词稿》行世。遗制《和玉田词》一卷，渐趋疏隽，待刊。

霜花腴 九日浦江园

怨潮暮咽，对莽苍迢迢，剩写心枯。衰草烟冥，碧天云皱，秋花未引清娱。乱蓬已疏，奈泪深先沐茱萸。怕残蝉做足销凝，梦凄声晚渺寒芜。　仙客醉枫山路，竞分笺刻烛，记在西湖。佳节都过，闲情依旧，而今慧迹全孤。据愁槁梧，恼暗茸羞帽微乌。更沧溟雁远帆迟，几人知寓书？

满江红

不匮词翁、忍寒教授皆赐和拙作《满江红》之阕，欢感何既！别触怆伤，更次前韵，分呈诲督。

一叶舆图，惨换了几分颜色。谁忍问二陵风雨，六朝城阙。雨粟哭从仓颉后，散花妙近维摩侧。咽不成“鬲指念奴娇”，声声歇。　尘根断，无生灭。山河在，离言说。剩仓皇辞庙，报君以血。蜀道鹃魂环佩雨，胡沙马背琵琶月。莽乾坤今日竟如何？同倾缺。

虞美人

霜中枫冷犹红舞，樵笛凭谁谱？不求老屋得三间，让与枯僧和饿占名山。　幽兰自尔能心素，休作倾城顾。水清拈取一枝看，忍向春风为伴卷帘寒。

以上易孺词三首，录自《大厂词稿》及《和玉田词》。

【集评】

叶恭绰曰：大庵词审音琢句，取径艰涩。兹录其较疏快之作，解人当不难索也。（《广箧中词》三）

夏敬观

夏敬观，字剑丞，号盥人，又号吷庵，江西新建人。光绪元年(一八七五)五月初十生于长沙。甲午(一八九四)举人，历任三江师范学堂、复旦、中国公学监督，江苏巡抚参议，署提学使。民国初，任浙江教育厅长。旋退隐沪西，筑室康家桥，小有花木之胜。家精庖馔，恒与词流啸咏其间。通经、史，工诗、词。晚岁斥卖旧宅，以鬻画自给。一九五三年五月十四日(农历四月初二)卒，年七十九。著有《汉短箫铙歌注》《词调溯源》《忍古楼词话》《忍古楼诗集》《吷庵词》等书。

解连环

溪花零落，秋意渐深。偶溯旧游，不胜迟暮之感，因赋此解，以遣愁怀。

后溪灯阁，迎飞萤度水，乱投帘幕。待兔影才转高梧，听斜透楼钟，四鸣街柝。绛缲衣声，误风卷叶啼廊角。早空粱射眼，照见玉人，粉泪双落。　苍苔印残绣屟，记银屏抱汲，秋断阑索。翠带压千叠愁香，绕衰柳弯堤，恨阻幽约。几日惊飙，对万顷疏红残萼。问谁知？素娥耐冷，夜情似昨。

徵　招

花朝社集，追念沤翁下世，各拟挽章。五旦徵调最哀，为燕乐所不备。白石寻韵作谱，音响巉峭。覆杯堕泪，漫倚此声。

温风不解哀弦冷，泠泠霅溪霜水。缥缈鹤归云，断词仙游戏。舜韶潜在耳，念遗响紫霞能记。痛绝人琴，折杨难继，玉桐教碎。　眼底破家山，空凭吊，凄凉故人身世。帝所奏钧天，唤颓魂不起。为君图玉笥，问谁识女萝山鬼？强持酒一酹荒丘，奈谷兰春萎！

石州慢 自题填词图

花底清歌，尊畔坠欢，那与头白？谁呼醉席魂馨？起拂砚埃教惜。笺天有恨，试遣谱入宫商，娲皇弦竹皆陈迹。宛转诉愁环，听秋虫虚织。　岑寂！好山来梦，荒谷行吟，念中泉石。凭仗吴装，替写林岚苍碧。敲残柳瘿，送老久厌名场，闲讴莫付南楼笛。曙海荡行襟，澹丛悲余忆。

乌夜啼

玉绳初挂墙东，去花丛，遮莫圆如秋扇感西风。

银汉转，众星见，暗帘栊，无奈寒萤三两露华中！

小重山

人事支离到岁残。梦程天样阔，枕难安。纠纷心目是关山。宵来雪，未比晓晴寒。　身世寄危阑。楼台嘘蜃现，不堪看。西飞多少雁声酸。沧洲畔，闲地可容宽？

八声甘州

听愁霖一阵打窗来，层阴黯重轩。任皋雷殷地，梅风拂渡，莫扫蛮烟。江拥涕洟入海，楚梦总无边。谁管汤汤水？渐蹴昊天。　廿载萍浮南北，问故乡何所？能守田园。睹啮根桑尽，本不植高原。对沧洲潮吞汐卷，恐陆沉深恨有难言。空凝望，止狂流驻，休涨前川。

以上夏敬观词六首，录自《吷庵词》及《词学季刊》。

【集评】

叶恭绰曰：鉴丞平生所学，皆力辟径涂；词尤颖异，三十后已卓然成家。今又二十余载矣！词坛尊宿，合继王、朱，固不徒为西江社里人也。（《广箧中词》四）

王国维

王国维，字伯隅，号静安，浙江海宁人。光绪三年（一八七七）生。以诸生留学日本。早岁治词曲，晚乃专力经史。适古文字器物出土者日多，因以其学识理董之，遂发前人所未发，为世推重。晚主清华大学研究院，民国十六年（一九二七）自沉万寿山昆明湖以卒，年五十。身后遗著，汇刊为《观堂全书》，其《观堂集林》则手定本也。又有《人间词话》，别征卓识，为学者所称。其《观堂长短句》一卷，经朱孝臧删定，刊入《沧海遗音集》。国维论词“于五代喜李后主、冯正中，于北宋喜永叔、子瞻、少游、美成，于南宋除稼轩、白石外，所嗜盖鲜矣。尤痛诋梦窗、玉田，谓梦窗砌字，玉田垒句，一雕琢，一敷衍，其病不同，而同归于浅薄。六百年来，词之不振，实自此始”（樊志厚序）云。

蝶恋花

百尺朱楼临大道。楼外轻雷，不间昏和晓。独倚阑干人窈窕，闲中数尽行人小。　一霎车尘生树杪。陌上楼头，都向尘中老。薄晚西风吹雨到，明朝又是伤流潦。

浣溪沙

掩卷平生有百端，饱更忧患转冥顽，偶听啼鴂怨春残。　坐觉无何消白日，更缘随例弄丹铅，闲愁无分况清欢！

蝶恋花

窗外绿阴添几许？剩有朱樱，尚系残红住。老尽莺雏无一语，飞来衔得樱桃去。　坐看画梁双燕乳。燕语呢喃，似惜人迟暮。自是思量渠不与，人间总被思量误！

以上王国维词三首，录自《观堂长短句》。

【集评】

樊志厚曰：君词往复幽咽，动摇人心，快而能沉，直而能曲，不屑屑于言词之末，而名句间出，往往度越前人。至其言近而指远，意决而辞婉，自永叔以后，殆未有工如君者也。（《观堂长短句序》）

陈曾寿

陈曾寿，字仁先，湖北蕲水人。光绪四年戊寅（一八七八）八月十一日生。曾祖沆，号秋舫，嘉、道间以诗名，著有《简学斋诗集》及《诗比兴笺》行世。曾寿渊源家学，中光绪壬寅举人、癸卯进士，历官刑部主事、学部郎中、都察院广东道监察御史。壮岁筑室杭州之南湖，幽居奉母。中经丧乱，转徙津、沪、辽左间。生平志事，百不一酬，而繁冤极愤郁结侘傺幽忧之情，乃一寓之于时。义宁陈三立、归安朱孝臧推挹备至。性高洁，晚居沪上一斗室中，几榻萧然，终日焚香默坐而已。一九四九年农历己丑闰七月初九卒。当六十岁时，朋旧为刊《苍虬阁诗》十卷。其《旧月簃词》一卷，初刻入《沧海遗音集》。余复取得未刊稿，别刻单行。（参阅《苍虬阁诗》十卷本诸序跋）

八声甘州

十月返湖庐，晚菊尚余数种，幽媚可怜。

慰归来岁晏肯华予？寒花靓幽姿。剩青霞微晕，残妆乍整，仍自矜持。休更销魂比瘦，惆怅易安词。洁白清秋意，“九辩”难知。　我是辞柯落叶，任飘零逝水，不忆东篱。早芳心委尽，翻怯问佳期。看镫窗疏疏写影，算一年今夜好秋时。平生恨，尽凄迷了，莫上修眉。

【评】

叶恭绰曰：芳洁之怀，上通骚、雅。(《广箧中词》三)

踏莎行 白堂看梅

石叠蛮云，廊棲素雪，锁愁庭院苔綦涩。无人只有暮钟来，定中微叩春消息。　冷雾封香，绀霞迷色，慵妆悄泪谁能惜？一生长伴月昏黄，不知门外冷冷碧。

浣溪沙 孤山看梅

心醉孤山几树霞，有阑干处有横斜，几回坚坐送年华？　似此风光惟强酒，无多涕泪一当花，笛声何苦怨天涯？

虞美人

倾城士女长堤道，各有情怀好。梦中池馆画中人，为问连朝罢酒是何因？　东风红了西湖水，浓蘸燕支泪。输他渔子不知愁，偏向落红深处击轻舟。

临江仙

栀子香寒微雨歇，深深一院清凉。花梢斜月半侵床。镫青疏鬓畔，一点写经香。　已分今生从断绝，无端又著思量。千生无恙是回肠。温存凉簟好，今夜未成霜。

前　调

修得南屏山下住，四时花雨迷蒙。溪山幽绝梦谁同？人间闲夕照，消得一雷峰。　极目寥天沈雁影，断魂凭证疏钟。淡云来往月朦胧。藕花风不断，三界佛香中。

【评】

叶恭绰曰：凄丽入骨。（《广箧中词》三）

浣溪沙

己未，都门重遇云和主人。

一片红飘去不回，酒边清管自生哀，眼明真见故人来。　我隔蓬山余涕泪，君歌凝碧费低徊，几时花发旧池台？

蝶恋花 闻露

独夜始知凉月色。竹影移廊，未觉成萧瑟。微漾湖光荧暗壁，疏镫影里芙蓉白。　偷换流年情思积。草际烟浮，已了寒虫织。欹枕不眠闻露滴，心心只替秋香湿。

八声甘州

甲子八月二十七日，雷峰塔圮。据塔中所藏《陀罗尼宝箧印经》，造时为乙亥八月，正宋太祖开宝八年，距今九百五十余年矣！千载神归，一条练去。末劫魔深，莫护金刚之杵；暂时眼对，如游乾闼之城。半湖秋水，空遗蜕之龙身；无际斜阳，杳残痕于鸦影。爰同愔仲，共赋此阕，聊写愁哀。

镇残山风雨耐千年，何心倦津梁？早霸图衰歇，龙沉凤杳，如此钱塘！一尔大千震动，弹指失金装。何限恒沙数，难抵悲凉。　慰我湖居望眼，尽朝朝暮暮，咫尺神光。忍残年心事，寂寞礼空王。漫等闲、擎天梦了，任长空鸦阵占茫茫。从今后，凭谁管领，万古斜阳？

【评】

叶恭绰曰：悲壮。（《广箧中词》三）

齐天乐 和彊邨

百年垂死当何世？因依更成轻别。费泪园亭，谙愁酒盏，历历前痕难灭。危云万叠。剩绒梦凄迷，雁程天阔。拨尽寒灰，坠欢零落向谁说？　　蓬莱旧事漫忆，更罡风激荡，摇撼银阙。本愿香寒，孤光月隐，堪笑冤禽痴绝！枯枰坐阅。拚一往悲凉，烂柯残劫。自忏三生，佛前心字结。

浣溪沙

书卷抛残夜未残，昏昏夜色淡林烟，一痕眉月媚冰天。　　角枕倚时空旧梦，愿香冷后证枯禅，尽无聊赖也迟眠。

扬州慢 忆烟霞洞梅

梅绣荒山，石威静谷，旧游最恋烟霞。向洞门徐步，几度问芳华。记长倚半山亭子，昏黄月上，倩影横斜。晕微红堕砌娇云，仙梦非耶？　一身万里，剩而今惯住胡沙，尽湖水湖烟，也休暗忆，侬已无家。飘断辞枝故蕊，曾何处不是天涯。漫拚将今世今生，长负梅花。

清平乐

笛声幽怨，愁锁深深院。月上林梢霞影淡，一笑天人初见。　空山雪闭云遮，温存绝代铅华。待到千红闹处，故应不见梅花。

蝶恋花

万化途中为侣伴。窈窕千春，自许天人眷。来去堂堂非聚散，泪干不道心情换。　噩梦中年拚怨断。一往凄迷，事与浮云幻。乍卸严妆红烛畔，分明只记初相见。

南歌子

鸡唱催将息，乌啼续苦吟。半床书蠹共销沉，字里凄迷时遇少年心。　　塞雪连三月，时花抵万金。年时刻意怕春深，不见春来春去感而今。

浣溪沙

阅彊邨词，忆及望予南归、悬榻以待者经岁，中间数寄词相问，凄然有作。

花径冥冥取次行，旧盟全负甚心情？爇香灰尽也须惊。　　悬榻经年虚望眼，寄声几度损吟魂？人天留影一彊邨。

鹧鸪天

丁丑九月，次愔仲韵。

衰病逢辰强举觞，倚栏高处怯流光。曾无瘦菊酬佳节，看尽归鸦掠夕阳。　　樽未暖，意先凉，此心安处是何乡？应怜倦影随阳雁，犹恋巫间绝塞霜。

前　调

燕子嗔帘不上钩，碧天有恨笑牵牛。今生只道圆如月，小别犹惊冷似秋。　　天易老，水空流，闲情早向死前休。炉香隔断年时影，未必新愁是旧愁。

前　调

偏爱沉吟白石词，只缘魂梦惯幽栖。扁舟一片长桥影，依约眉山压鬓低。　　无限好，付将谁？漫云别久不成悲。思量旧月梅花院，任是忘情也泪垂。

菩萨蛮

浮天渺渺江流去，江流送我归何处？寒日隐虞渊，虞渊若个边？　　船儿难倒转，魂接冰天远。相见海枯时，乔松难等期！

菩萨蛮（浮天渺渺江流去）

以上陈曾寿词二十首，录自龙氏忍寒庐刻本《旧月簃词》及未刊稿。

【集评】

叶恭绰曰：仁先四十为词，门庑甚大，写情寓感，骨采骞腾，并世殆罕俦匹，所谓文外独绝也。（《广箧中词》三）

邵瑞彭

邵瑞彭，字次公，浙江淳安人。光绪十四年戊子（一八八八）生。清季入浙江省优级师范学堂，精研齐诗、《淮南子》及古历算学。民国初，被选为众议院议员，嗣以反对曹锟贿选，著声于世。其后历任北京师范大学、河南大学教授。晚岁寓居开封，穷愁潦倒，于民国二十七年（一九三八）一月四日卒。旋值倭乱，遗稿散佚，仅有《泰誓决疑》及所为词曰《扬荷集》四卷、《山禽余响》一卷，已于生前刻版行世。

绮罗香

晚过神武门，残荷欲尽，秋意可怜。

泛瑟烟昏，敧槃露冷，一镜愁漪低护。梦堕瑶台，长恐万妆争妒。念佳人路隔西风，思帝子讯沉北渚。怕相逢恨井秋魂，月明遥夜耿无语。　宫沟谁写泪叶？回首霓裳换叠，繁华轻误。玉箪香销，零落袜尘残步。便立尽门外斜阳，又暗惊晚来疏雨。问涉江此际闻歌，断肠君信否？

夜半乐 戊辰中秋

素商荏冉行迈，青天碧落，凉露方诸泻。应令节年年，月轮斜挂。绛河卷夕，金风荡暑，望中千里清光，凤城如画，照绣陌香尘暗随马。　故人此际引领，刻烛吟成，弄珠游罢。帘幕外重重仙云争迓。旧情偷药，新愁倚树，为谁起舞霓裳，广寒宫下？听吹笛高楼怨遥夜。　向晓惆怅，桂魄难修，翠鬟空亚。换小劫山河又衰谢，举琼杯深恨万古常娥寡。浓梦里那有欢虞话？蓟门秋好终无价。

西　河

十八年前，曾和美成《金陵怀古》，今再为之。

征战地，繁华事去难记？临春殿阁委蒿莱，夜潮怒起。数声铁笛响秋风，哀歌人在云际。　露台上，和泪倚，辘轳古井绳系。降幡又出石头城，梦沉故垒。送他六代好江山，秦淮依旧烟水。　蜃楼过眼散雾市，访龙幡羞认闾里。袖手夕阳时世，共齐、梁四百僧房闲对，零落丹枫霜天里。

木兰花慢　彊邨师挽词

倚阑干望远，乱山外，暮云横。讶海水禁寒，江关促梦，凄感平生。泠泠，楚歌旧谱，把商弦弹绝更谁听？过眼完人有数，到头天意无凭。　严城，鼓角夜三更，孤月此心明。话别殿春雷，空林夏雪，一例吞声。骑鲸，归来甚日？又要离冢畔草青青。忍对琼楼玉宇，重招河岳英灵。

浣溪沙 二首

榆生得顾太清《东海渔歌》卷二孤本，亡友诸贞壮钞本也。因忆昔年读书醇邸，花时吟赏，屡兴雍门之感。灵芬触手，益难为怀。赋短拍，寄榆生。

其一

湖上春来翠作漪，楼头人去柳垂丝，欲邀缺月酹蛾眉。　寒橐沿街更定后，凉风吹面酒醒时，沧桑残怨费相思。

其二

乔木平泉已就荒，一春烟雨困丁香，当年闲气在闺房。　过眼青山销粉黛，谁家玉笛唱伊凉，阻风中酒事寻常。

木兰花慢 邺城怀古

渡黄河北去，鞭不起，古漳流。想万里风烟，三更灯火，残霸中州。封侯壮心在否？听西陵歌舞使人愁。高树闲栖乌鹊，空阶长卧貔貅。　平畴，落日下荒丘，忼慷看吴钩。问倾泪移盘，沉沙折戟，谁记恩仇？回头，汉家宫阙，剩鸳鸯瓦冷雉媒秋。欲唤南来王粲，为君重赋《登楼》。

秋思

樊楼秋感，和梦窗。

嘶马樊楼侧，驻梦华前事，废池苔色。高树汴堤，乱莎梁苑，云遏天窄。谱哀曲山亭，候虫吟恨掩更抑。漾市帘，秋焰碧。把万叠关河，六更风露，付与翠绡封泪，耐人寻忆。　听御，谯门弄，箭波锦绣慵饰。画屏瑶瑟，匆匆催遍，谢郎发白。渐月落参横，夜阑征雁沉去翼。念故国，空记识。问换劫寒尘，沧桑何计避得？望切旌旗向北。

蝶恋花四首

其一

十二楼前生碧草。珠箔当门，团扇迎风小。赵瑟秦筝弹未了，洞房一夜乌啼晓。　　忍把千金酬一笑？毕竟相思，不似相逢好。锦字无凭南雁杳，美人家在长干道。

其二

东去伯劳西去燕。织女黄姑，岁岁还相见。玉露无声银烛短，有人遥夜停针线。　　二十四阑闲倚遍。河汉盈盈，争似红墙远？井上朱丝牵不断，中庭谁唱《双蕖怨》？

其三

目极梁王台畔路。千里浮云，一夜西窗雨。倘使行人留得住，不辞化作长亭树。　　弹绝幺弦声更苦！红蓼花残，河水东流去。锦带吴钩携手处，小屏山上燕支暮。

其四

冉冉中原歌舞地。叠鼓垂灯，夹道车如水。把酒劝君须著意，人生难得花前醉。　　看遍千门桃与李。牵动游人，隔岸抛莲子。一路秋虫啼未已，汝南遥夜鸡声起。

齐天乐

南海木绵，花瓣作鞓红色。榆生赋小令见示，报以此解。

天花飞下兜罗手，朦胧绛云盈岸。梦蝶新巢，呼鸾旧里，匀作珠房娇面。关河路远。听刀尺高楼，唾茸缄怨。泪迸征袍，故人心事岁寒见。　江南柳绵渐少，乱山烽火里，虫语凄变。镜槛凝尘，机丝引月，禁得回肠千转。珊瑚捣遍。怕弹彻哀筝，洗多红浅。待叩通明，为君晴到晚。

以上邵瑞彭词十三首，录自《扬荷集》及《词学季刊》。

【集评】

夏敬观曰：次公为词，宗尚清真，笔力雄健，藻彩丰赡。近自中州寄示所作五词，则体格又稍变，运用典实，如出自然，博综经籍之光，油然于词见之，盖托体高，乃无所不可耳。（《忍古楼词话》）

叶恭绰曰：次公词清浑高华，工于镕剪。残膏剩馥，正可沾溉千人。（《广箧中词》四）

吴梅

吴梅，字瞿安，号霜厓，江苏长洲人。光绪十年(一八八四)七月二十二日庚午生。专究南北曲，制谱、填词、按拍，一身兼擅，晚近无第二人也。历任北京大学、中山大学、中央大学教授，凡二十余年。抗战军兴，转徙湘、桂间，于民国二十八年(一九三九)阴历正月二十七辛未卒于云南大姚县，年五十六。著有《霜厓三剧》，旁缀音谱，镂版行世。乱中删定《霜厓诗录》《霜厓词录》，有石印本流传。

翠楼吟 秦淮遇京华故人

月杵声沉，霜钟响寂，今宵故人无寐。湖山沦小劫，正风鹤长淮兵气。南云凝睇，又水国阴晴，千花弹泪。情难寄，庾郎凭处，自伤憔悴。　可记残粉宫城？指暮虹亭阁，冶春车骑。玉京芳信阻，怕丝管经年慵理。人间何世？待冷击珊瑚，西台如意。秋心碎，板桥衰柳，莫愁愁未？

临江仙

短衣羸马边尘紧，五年三渡桑乾。漫天晴雪扑归鞍。邮亭呼酒，黄月大如盘。　苦对南云思旧雨，杏花消息阑珊。新词琢就付双鬟。紫箫声里，但看六朝山。

清平乐

题郑所南画兰，次玉田韵。

骚魂呼起，招得灵均鬼。千古伤心留一纸，认取南朝天水。　北风吹散繁华，高丘但有残花。花是托根无地，人还浪迹无家。

桂枝香 题龚半千画

凭高岸帻。爱面郭小楼，红树林隙。妆点晴峦古画，二分秋色。高人去后阑干冷，笑斜阳往来如客。野花盈路，当时俊侣，梁燕能识。　但破屋西风四壁。对如此江山，谁伴幽寂？湖海元龙未老，醉嫌天窄。笛中唱到《渔歌子》，剩无多金粉堪惜。暮寒人远，何时重认，旧家裙屐？（《词录》题作“登扫叶楼倚王介甫体”，文句亦多窜易，此从《广箧中词》。）

以上吴梅词四首，录自《广箧中词》及《忍古楼词话》。

【集评】

夏敬观曰：瞿安为曲家泰斗，其词亦不让遗山、牧庵诸公。近得其《霜厓读画录》，题郑所南画兰次玉田韵《清平乐》、题龚半千画《桂枝香》、题王东庄画《长亭怨慢》诸词，豪宕透辟，气力可举千钧。予尝谓元初词得两宋气味，不似明、清诸家堕入纤巧。曲盛词衰，实在明代。元曲高过后来，正由继两宋后，词尚未衰也。（《忍古楼词话》）

叶恭绰曰：瞿庵为曲学专家，海内推挹。词其余事，亦高逸不凡。（《广箧中词》三）

黄侃

黄侃，字季刚，湖北蕲春人。光绪十二年（一八八六）生。精究《尔雅》《说文》《广韵》之学，为余杭章炳麟高第弟子。早岁游日本，入同盟会。归国后，历任北京大学、武昌高等师范、南京中央大学教授。民国二十四年（一九三五）秋卒于南京，年五十。侃博学而不轻易著书，所批注《说文》《广韵》，身后原拟由商务印书馆以手稿影印，以倭难作，未果。传世有《日知录校记》（龙氏忍寒庐刊本）、《文心雕龙札记》（朴社印本）、《携秋华室词》（金陵大学排印本）。

西子妆

二月二十三日，社集北湖祠楼，感会有作。

汀草绿齐，井桃红嫩，共说寻春非晚。偶来高阁认前题，欢昔游岁华空换。沧波泪溅，算留得闲愁未断。凭曲阑，讶瘦杨如我，难招莺燕。　追欢宴，却恨东风，搅起花一片。酒痕唯解渍青衫，比当时醉情终浅。残阳看倦，倩谁慰天涯心眼？待重来，又怕平芜絮满。

小重山令

二月二十五日寒食，游高座寺。

马脑冈头石径微。寂寥高座寺，掩禅扉。种松几度旋成围。人何在？春物镇芳菲。　　青史事多违。梅陵留庙祀，也崔巍。野棠如雪落还飞。南朝梦，一例付斜晖。

【评】

叶恭绰曰：高华。（《广箧中词》三）

以上黄侃词二首，录自《广箧中词》。

吕碧城

吕碧城，字圣因，安徽旌德人。光绪九年（一八八三）生。姊妹三人，并工文藻。碧城与长姊惠如兼善填词，早岁为樊增祥所激赏。中年去国，卜居瑞士雪山中，专以弘扬佛法为务。然兴之所寄，不废倚声。第二次世界大战起，始经美洲归香港，民国三十二年（一九四三）一月二十四日病卒，年六十。（据《觉有情》半月刊龙健行撰《吕碧城女士传》）遗命火化，骨灰和面为丸，投诸海中，结缘水族。初刊《信芳词》行世。晚年复自删订，益以后来所作，汇印为《晓珠词》四卷，卷尾自识云："慨夫浮生有限，学道未成，移情夺境，以词为最。风皱池水，狎而玩之，终必沉溺，凛乎其不可留也！"亦足觇其志趣。

祝英台近

缒银瓶，牵玉井，秋思黯梧苑。蘸渌搴芳，梦堕楚天远。最怜娥月含颦，一般消瘦，又别后依依重见。　倦凝眄，可奈病叶惊霜，红兰泣骚畹？滞粉黏香，绣屧悄寻遍。小栏人影凄迷，和烟和雾，更化作一庭幽怨。

【评】

樊增祥曰：稼轩"宝钗分，桃叶渡"一阕，不得专美于前。

玲珑玉

阿尔伯士雪山，游者多乘雪橇，飞越高山，其疾如风，雅戏也。

谁斗寒姿？正青素乍试轻盈。飞云溜屧，朔风回舞流霙。羞拟凌波步弱，任长空奔电，恣汝纵横。峥嵘，诧遥峰时自送迎。　望极山河幂缟，警梅魂初返，鹤梦频惊。悄碾银沙，只飞琼惯履坚冰。休愁人间途险，有仙掌为调玉髓，迤逦填平。怅归晚，又谯楼红灿冻檠。

汨罗怨 过旧都作

翠拱屏嶂，红遍宫墙，犹见旧时天府。伤心麦秀，过眼沧桑，消得客车延伫。认斜阳门巷乌衣，匆匆几番来去？输与寒鸦，占取垂杨终古。　闲话南朝往事，谁踵清游，采香残步？汉宫传蜡，秦镜荧星，一例秾华无据？但江城零乱歌弦，哀入黄陵风雨。还怕说花落新亭，鹧鸪啼苦。

陌上花

木棉花作猩红色，别名烽火树，和榆生教授之作。

丹砂抛处，峰回粤秀，茜云催暝。绚入遥空，漫认霜天枫冷。长堤何限红心草，犹带烽烟余恨。又花凄蜀道，鹃魂惊化，泪绡痕凝。　料吴蚕应妒，三军挟纩，不待娇丝缫损。脸晕浓酲，艳锁猩屏人影。鄂君绣被春眠暖，谁念苍生无分？待温回黍谷，消寒同赋，绛梅芳讯。

瑞鹤仙

予昔有《齐天乐》雪山观日出之词。今游炎峤，观海日将沉，奇彩愈烈，更赋此词，而感慨深矣！

瘴风宽蕙带。又瘦影扶筇，楚香闲采。登临感清快。对层云曳缟，乱峰横黛。搴裳步隘，正雨过湍奔石濑。战松林万翠鸣秋，并作怒涛澎湃。　凝睐，阴晴弄暝，愁近黄昏，蜃华催改。明霞照海，渲异艳，远天外。伫丹轮半辗，迅颓羲驭，哀入骠（平）姚壮采。渺予怀，此意苍凉，更谁暗解？

以上吕碧城词五首，录自《晓珠词》。

后 记

词兴于唐，流衍于五代，而极盛于宋。唐宋人词，以协律为主，其所依声谱为寻常坊曲所共肄习，文人寄兴，酒边命笔，红牙铁板，固可一一按拍而歌也。宋南渡后，大晟遗谱，荡为飞灰，名妓才人，流离转徙，北曲兴而南词渐为士大夫家所独赏，一时豪俊如范成大、张镃之属，并家畜声伎，或别创新声，若姜夔之自度曲，其尤著者也。嗣是歌词日趋于典雅，乃渐与民间流行之乐曲背道而驰，骎衍为长短不葺之诗，而益相高于辞采意格，所谓“词至南宋而遂深”，实由于是。且自苏轼作为横放杰出之词，以发抒其性情襟抱，于是作者个性，益充溢乎字里行间。姜夔以隽上之才，运清刚之笔，兼通音律，卓然以自名家。二派分流，千秋竞爽。明乎苏、姜各擅其胜，不妨脱离乐曲，而自成其为富于音乐性之新体律诗，持此以衡宋、元以后之词，而其起伏盛衰之故，可得而知也。元、明词学中衰，文人弄笔，既相率入于新兴南北曲之小令、散套，以蕲能被管弦，其自写性灵，则仍以五七言古近体诗相尚，于是词之音节，既无所究心，意格卑靡，亦至明而极矣。夫所谓意格，恒视作者之性情襟抱，与其身世之感，以为转移。三百年来，屡经剧变，文坛豪杰之士，所有幽忧愤悱缠绵芳洁之情，不能无所寄托，乃复取沉晦已久之词体，而相习用之，风气既开，兹学遂呈中兴之象。明、清易代之际，江山文藻，不无故国之思，虽音节间有未谐，而意境特胜。迨朱、陈二氏出，衍苏、辛、姜、张之坠绪，而分道扬镳。康、乾之间，海内词坛，几全为二家所笼罩。彝尊倡导尤力，自所辑《词综》行世，遂开浙西词派之宗，所谓"家白石而户玉田"，亦见其风靡之盛矣。末流渐入于枯寂，于是张惠言兄弟起而振之，别辑《词选》一书，以尊词体，拟之"变风之义，骚人之歌"。周济继兴，益畅其说，复撰《词辨》及《宋四家词选》以为圭臬，而常州词派以成。终清之世，两派迭兴，而常州一脉，乃由江、浙而远被岭南，晚近词家如王、朱、况、郑之辈，固皆沿张、周之涂辙，而发挥光大，以自抒其身世之悲者也。然则词学中兴之业，实肇端于明季陈子龙、王夫之、屈大均诸氏，而极其致于晚清诸老，余波至于今日，犹未全绝。论近三百年词者，固当以意格为主，不得以其不复能被管弦而有所轩轾也。物穷则变，来者难诬，因革损益，期诸后起。继此有作，其或别创新声，以鸣此旷古未有之变迁乎？是固非区区之所逆料，而三百年来词坛盛衰之故，与世运为倚伏，盖庶几于此帙觇之矣。一九四八年，季春之月，忍寒居士书于金陵病榻。

一九五六年三月二十一日，重订付印。